U0083804

古典詩歌研究彙刊

第八輯

龔鵬程 主編

第 15 冊

《清真集》文體風格暨詞彙風格之研究
——以構詞法為基本架構之詞彙研究（上）

楊晉綺 著

國家圖書館出版品預行編目資料

《清真集》文體風格暨詞彙風格之研究——以構詞法為基本架
構之詞彙研究（上）／楊晉綺 著— 初版— 台北縣永和市：
花木蘭文化出版社，2010〔民 99〕
目 2+158 面；17×24 公分
（古典詩歌研究彙刊 第八輯；第 15 冊）
ISBN　978-986-254-323-8（精裝）
1.（宋）周邦彥　2. 宋詞　3. 詞論
852.4516　　　　　　　　　　　　　　　99016402

ISBN - 978-986-2543-23-8

9 789862 543238

古典詩歌研究彙刊
第八輯　第十五冊　　　　　　ISBN：978-986-254-323-8

《清真集》文體風格暨詞彙風格之研究
——以構詞法為基本架構之詞彙研究（上）

作　　者　楊晉綺
主　　編　龔鵬程
總 編 輯　杜潔祥
出　　版　花木蘭文化出版社
發 行 所　花木蘭文化出版社
發 行 人　高小娟
聯絡地址　台北縣永和市中正路五九五號七樓之三
　　　　　電話：02-2923-1455／傳眞：02-2923-1452
網　　址　http://www.huamulan.tw 信箱 sut81518@ms59.hinet.net
印　　刷　普羅文化出版廣告事業
初　　版　2010 年 9 月
定　　價　第八輯 20 冊（精裝）新台幣 28,000 元

《清真集》文體風格暨詞彙風格之研究
——以構詞法為基本架構之詞彙研究（上）

楊晉綺 著

作者簡介

楊晉綺（Yang, Chin-Chi），台灣師範大學文學博士，現任教於清華大學中文系。著有《晚明文化論述中倫理與審美論題之交涉與審美意識之開展》（2008）；參與編校和寫作《大學中文教程》（2010）、《清華大學大競寫作品選輯》（2010）等。曾共同籌辦清華大學「大競寫」活動、清華大學全校共同必修課程「大學中文」師資培訓活動，目前擔任清華大學中文系教師、「寫作中心」編輯小組成員。

提　　要

　　本文旨在透過觀察創作者對於文學體式之認知偏取、詞彙創造選用之喜好傾向探討周邦彥《清真集》穠密稠麗、迴環往復風格的各項成因。文分上篇與下篇，上篇分自樂音特色、段落句型、意義結構討論《清真集》文體風格；下篇以構詞法作為詞彙分析之基本架構，觀察《清真集》詞彙語音形式、語素組合、領調字與典故詞彙等各種詞彙表現，論析《清真集》典麗縝密詞彙風格之成因。綰合上下篇之討論進路，本文得出如下的觀察結果：

　　一、音樂背景方面：由於周邦彥精熟音律並且能夠自度曲牌，因此藉由詞調形式的選擇、平仄音律的考量、韻腳聲情疏密的安置以及句式之靈活變化，重新凝塑了詞類婉約之美的聲情特徵，聲情特徵與詞牌的樂曲風格諧合一致。

　　二、形式結構方面：周邦彥除了透過對偶之形式變化（例如以領字帶起各種不同句式）翻轉出詞類之於形式結構上的變化之美外，亦藉此凝構了詞類文學體式特有之美學風格。但在對偶之意義空間上，則少著意於意義對比與情感張力之美，其創作旨趣主要在於通過反覆詠嘆、情意複沓以追尋一種迷濛幽怨的抒情意緒與美學效果。

　　三、詞彙現象方面：藉由對於語音形式詞彙（重疊式、非重疊式之雙聲、疊韻）與不同組合方式之詞彙（派生詞、聯合式、偏正式、動賓式、補充式、主謂式）的刪擇選取、靈活運用，周邦彥塑造了典麗之詞彙色彩以及雅正的書面語語體色彩。而在連結各類詞彙、形塑意象的表現手法上，則見周詞迴環往復、跌宕騰挪之構作特色。

　　總言以論，藉由對《清真集》樂聲特色、語音形式與構詞方式等各類音樂要素、語言形式的分析說明，我們可以具體掌握清真詞音聲諧美、文字典雅流麗、結構慎密嚴整、文意幽深曲折等各種風格特色的語言與非語言成因。即此各種要素之鎔裁綜合，清真詞得以成其聲與情諧、典雅深曲之文體風格與詞彙風格。

目

次

緒　論

一、問題的源起與解決的企圖

　　中國傳統文學批評者對於文學風格的探討多憑直觀及經驗，直接就其所見的角度及面向切入，以論文體風格或各別作家風格之所以不同的原因。這種批評工作屬於實際批評，而在進行實際批評之前，其所依據的批評觀念為何？是否具有完整、系統性的理論架構？能否提供有效的詮釋觀點與合理的評價？這些問題歷來的詞學研究者似乎甚少展開仔細且全面性的研究。就文學風格而言，何謂風格？風格的成因有那些？成因之中那些是形成散文風格與詩歌風格、詩與詞之風格異別的主要因素？哪些是次要因素？風格的類型有幾種？類型的劃分原則是什麼？用以劃分詩歌風格的類型可否用以類分詞作的風格？倘若批評理論未曾審慎地加以建立或是篩選運用，對於文學風格及其相關論題的討論將流於零散、紛雜而無系統，批評的標準也將依賴各人主觀的經驗與直覺而人言言殊，片面的正確性或可由於各人的才力銳感獲得，但卻更容易自絕於更為宏闊、有效的系統性觀照之外。

　　關於周邦彥《清眞集》一書的文學研究，歷來詞評家喜論其總體風格者甚多，例如宋人王灼《碧雞漫志》說周詞「語意精新，用心甚

苦」；清人江順詒《詞學集成》以「艷冶淫靡」爲秦、黃、周、柳四人詞作的共同風格；孫麟趾《詞逕》以「婉約」稱許周詞；周濟《宋四家詞選目錄序論》以爲清真詞「渾厚」、「含蓄」；馮煦《蒿庵論詞》以「言欲層深，語欲渾成」推許周邦彥《清真集》爲兩宋詞人第一；陳廷焯《白雨齋詞話》則以「沈鬱頓挫」盛稱周邦彥爲「自有詞人以來之巨擘」。這些傳統批評，其批評方式一如眾多學者所共同認定之茲爲一種「印象式批評」：使用了過多的抽象名詞及「形象語言」（黃維樑語），缺乏明白的條析與論述，致使一般讀者難以掌握批評者的確切意涵。王灼《碧雞漫志》對其所提出的批評述語曾試圖作出較爲詳細的解釋：「江南某氏者解音律，時時度曲，周美成與有瓜葛，每得一解，即爲製詞，故周集中多新聲。……大抵二公卓然自立，不肯浪下筆，予故謂語意精新，用心甚苦」。〔註1〕「語意精新」與曲調之新是否有必然關係？這點在此段文字中無法得知，而審愼的創作態度可能也並非「語意精新」風格呈現之唯一且必然的決定性因素，因此，《碧雞漫志》對於周詞的評價與詮釋依然是模糊不清、令人心生困惑的。

　　清末民初以來的文學批評論著因受西方理論影響，批評的方式已漸由點的印象式論述轉向線與面的論證分析，詞學論著亦復如是。論析周邦彥詞作風格者有七〇年代王支洪氏所著的《清真詞研究》一書，書中論及清真詞「渾涵」、「雅麗」、「婉媚」、「沈鬱」之風格時，分別從詞的境界、表現手法的純熟、合於音樂節奏、題材合乎文人的審美趣味等方面歸納說明；近年沈家莊〈論清真詞沈鬱詞風的形成與演變〉一文在論述周詞風格前除了列舉歷代詞評者對於清真詞風格之不同看法外，亦嘗試對「作品風格」作一定義上的釐清與說明，科學性的論證過程，較諸以往愈見嚴整精密。然而，在論證的前提上，王氏一書忽略了文學的傳達媒介爲語言文字，不論題材、意境、情味等各種內容氣氛皆有賴語言文字的表現方得以

〔註1〕參見〔宋〕王灼撰，《碧雞漫志》，唐圭璋編，《詞話叢編》（北京：中華書局，1993）第一冊，頁86。

呈顯，無論是「婉約」或是「沈鬱」之風格，都離不開詞人語言文字的表現能力。王氏在解釋清眞詞「沈鬱」風格時說：「清眞詞，善言羈旅，故以感慨淒愴，悲涼怨慕之作爲最多」〔註2〕，羈旅是題材，但以羈旅爲題材者，未必皆能呈現「沈鬱」之作品風格；「善言」二字，則是概括地指出周邦彥處理材料的語言能力。周邦彥的語言文字能力究竟純熟到何種地步，全書未能具體說明，皆僅是簡易地以寥寥數語帶過。沈氏一文則自周邦彥的生平經歷與政治傾向探討周詞沈鬱風格的形成，此一種以政治思想爲主軸深入挖掘詞中所隱藏之蘊義的詮釋方式，未免時有深文羅織之弊，窄化了文學作品可同時容納多種意涵的豐富性特徵，並且忽略了作家對於語言文字求新求變的企圖心與作品的藝術價值。此外，俞平伯〈清眞詞釋〉、龍沐勛〈清眞詞敍論〉、洪惟助《清眞詞訂校註評》、韋金滿〈周邦彥詞研究〉、劉揚忠〈清眞詞的藝術成就及其特徵〉、林玫儀〈柳周詞比較研究〉等專書或專文之析論雖然各有精到之處，然而皆未能滿足或是解決筆者對於風格問題之於語言表現上的關懷。

　　基於目前學界對於運用語言學研究唐詩已有一些成功的典範，而詞學界借用語言學理論深入、有系統地探討詞作語言結構之殊性並企圖由此路徑尋解詞作異於齊言詩歌之美學意涵者尚未多見，故筆者擬由此方向進入，針對詞學史上素有集大成之美譽、藝術形式技巧臻於化境而對南宋格律派詞人有深遠影響的《清眞集》進行詮解的工作。藉由此番考索，一方面冀能得出與前賢不同的研究成果，更爲具體地指述周詞語言風格之特色，明其縝密典麗風格之形成與詞類之音樂背景、語言詞彙之運用、表現手法之創造實有密不可分的關係；另一方面則欲爲舊有的詞學作品尋找並提供新的詮釋途徑。

二、語言風格學

　　根據《語言與語言學辭典》的解釋，「風格學」或「修辭學」

〔註2〕參見王支洪著，《清眞詞研究》（台北：東大圖書，1983），頁81。

（STYLISTICS）是指「應用語言知識去研究風格（Style）的學問」。
〔註3〕這種定義乃是以語言學的知識作爲學術研究的基礎，對一切有
關風格研究之問題所界定的意義。在這種語言基礎之設立與新方法運
用之前，對於藝術風格或其他風格類型的研究，東西方皆起源甚早。
就西方而言，傳統上的風格分析重點著重於「分析作家的文學風格或
代表作家特點的語言變體」；方法上則是「從傳記上、心理學上、社
會上和其他細節方面去逐個地研究個人和集團的風格，每種風格都反
映出作家個人的特點」。至於中國風格學的研究（就文學風格學而
言），除了研究各別作家的文學風格之外，更重要的工作是劃分文體、
說明文體的風格特色，意在更進一步釐清各個文體之間的別異、指出
區隔之所在。自曹丕〈典論論文〉、陸機〈文賦〉乃至劉勰的《文心
雕龍》，風格的觀念與文體的觀念往往互相伴隨著出現。環繞著文體
風格學的研究，特定文體中風格種類的劃分、破體與辨體等課題相繼
地被提出。至於風格的成因，中國傳統文學批評中的風格論所採取的
研究方法及觀察角度，大致上可以分爲六種方式：一是從藝術作品本
身入手，探討其中的美學特質或是道德意涵所呈現的風格特色；二是
以諧謔的方式，將日常生活中的小事與文學批評連繫起來，間接地表
達一己的文學觀念以及對文學風格的掌握；三是自作者的性情及才思
論述風格的個別差異與形成；四是從時代風尙的演變討論文學風格的
形成與異同；五是從作品產生的地域、人文環境探析文學風格殊別之
因；六是就作品的語言形式、文字技巧討論個別作家風格的形成或是
文體風格的差異。〔註4〕

　　前三種研究方法，適用於探討個別作家或是某個文學集團的文學
風格，並不適於用以研究文體風格；第四種研究方法，主要在於掘發

〔註3〕參見R.R.K.哈特曼（R.R.K. HARTMANN）、F.C.斯托克（F.C. STORK）
　　　著，黃長著、林書武等譯，《語言與語言學辭典》（上海：上海辭書，
　　　1982），頁336。
〔註4〕這六種表現方式歸納自吳承學著，《中國古典文學風格學》（廣州：
　　　花城出版社，1993）。

各個時代的文學風貌，尋找同一時代中各種文學的共性，研究重點在於：在時代制約之下，文化會呈現出何種特色？透顯出何種統一的整體文學風貌？而不著意於探索各種文體風格的成因。第五種研究方法則與特定之文體風格的研究較為相關，它不僅可以由此探討個別作家或是某個集團的文學風格，亦足以說明南方文學與北方文學不同之原由，甚或是一種文體風格形成的原因。至於自語言文字之運用的角度以論文學風格的形成、歧異，中國古代學者所下的功夫不可謂不深，他們實為後人累積了極為豐厚的參考材料。然而，即如黎運漢、張維耿在《現代漢語修辭學》所云：「語言風格是在綜合運用語言表達手段中形成的，從調音、遣詞、擇句、設格到謀篇，綜合地反映在一篇文章、一部作品，或一種語體，或一個作家的作品裡。」〔註5〕依此，關於語言風格的研究，我們應該綜合各相關的語言體系以進行分析，才能得到某一文學語言風格形成之確因，亦如程祥徽在《語言風格初探》一文中所說：

> 語言風格學卻是要研究言語氣氛所賴以體現的語言材料——
> —語音、詞彙、語法格式，尤其注重同義成分或平行成份
> 的選擇，這就可以避免依個人主觀感受給風格下斷語，將
> 風格的探討建立在有形可見的語言材料上。〔註6〕

換言之，處理詞集中一個個的詞彙並非處理一個個備用狀態中的「死」語言，它們既已成為詞作中的一個部分，即表示它們已經經過作者思考、篩選、組織之後呈現既定氣氛與意義的成品，詞彙已成為結構中的材料與零件，充分地處在使用狀態之中——一旦讀者開始展開閱讀活動。因此，一本詞集可以是一個完整的交際場合——提供讀者與作者透過作品媒介進行單向的對話，甚至一首作品即可以是一個具體而微的交際環境，有其特定的氣氛與風格，因此研究作品中詞彙

〔註5〕參見黎運漢、張維耿著，《現代漢語修辭學》（台北：書林出版社，1991），頁201。

〔註6〕參見程祥徽著，《語言風格初探》（台北：書林出版社，1991），頁20。

的存在狀態可以有效地考索作品中的語言風格。

詞彙的存在狀態往往不是中性、透明的──只具有表達意義或語法上的邏輯意義。以同義詞而言，這些詞彙在表達意義上是相同平行的，亦沒有邏輯意義上的差別，其間的不同之處乃在於風格色彩上的殊異。例如「媽媽」一詞，具有親暱的風格色彩，「母親」則有嚴肅的風格意味，這些在孤立狀態下亦可以呈現風格特徵的語言成份皆稱之爲「風格要素」。使用語言材料營造氣氛的兩種方式，其一是善用「風格要素」，而另一種方式則是使用或變化「風格手段」。「風格手段」與「風格要素」相對，一是孤立的，一是活動的，運用「風格手段」表現風格就是有效的組合縮構語言材料，今之所謂的「修辭格」即爲風格手段的重要內容。〔註7〕

三、研究範圍與參照系統

詞乃音樂文學，若只單純地集中於語言風格的研究而忽略音樂背景則易失之一隅，無法詳盡《清眞集》風格之全貌，因此在分析詞彙以明其語言風格之前，本文仍先援引傳統之分析模式，全面地自詩詞體式之異同檢索周詞中音樂風格、體式風格之特徵，再進而論述清眞詞語言文字之風格。

關於本文研究範圍，在封閉性的文本探索方面，以陳元龍注本（臺灣：廣文書局）之《清眞集》一百九十四首詞作爲主要分析對象，探討其間宮調、平仄、韻部、句式結構、對偶之意義空間以及詞彙、典故、領調字等音樂曲律、形式結構和語言文字之特色，並以柳永之《樂章集》（吳重熹，石蓮庵刊本，臺灣：廣文書局）、蘇軾《東坡樂府》（龍楡生箋本，臺灣：漢京書局）、辛棄疾《稼軒詞編年箋注》（鄧廣銘箋注本，臺灣：華正書局）作爲主要參照系統，藉以對顯《清眞集》各式風格的特殊性。具體以言，上篇自文體風格角度切入，著眼點在於探討婉約與豪放（或是格律與非格律）兩大流派體式上的異同，柳、

──────────

〔註 7〕相關論點參見程祥徽著，《語言風格初探》，頁 23-29。

周屬前，蘇、辛爲後，因此除了宮調一節對豪放派詞人之分析只及於蘇軾之外（音樂至南宋，已大量亡佚，辛棄疾詞牌所隸屬之宮調已不易確知），其餘章節中皆將柳、蘇、辛列入比較之範圍，冀能更爲全面地觀察《清眞集》之文體風格。

下篇則自語言文字構作之角度，釐析《清眞集》中的格調風格與語體風格。由於格調風格大別爲「俚俗」與「典雅」二種，語體色彩則可大分爲口語與書面語二項，後者亦爲前者之成因，柳、周之詞作風格，一屬前一屬後，是以此部分以柳詞作爲主要參照系統，以明周邦彥典雅詞風之成因與構作方式。

四、本文研究途徑

本文研究途徑大致上可以分爲幾個方向：

（一）文體風格方面

1、語言風格學在語音上的討論內容大致包括「韻」的音響效果、平仄聲調的交錯抑揚、語音的屬性、音素的分析等。詞爲音樂文學，其體式之形成與音樂之發展尤其密切相關，因此本文乃自詞作所特有之詞牌、平仄音律、韻腳聲情、韻腳疏密、詞調之選擇與句式（單式、雙式）之運用，考察詞人之取用偏向及其所呈現之風格特色。至於語音的屬性與音素的分析，一則乃因古音已遠，如今已然無法確切得知細部的音響特徵；二則，本文之重點在於文學風格之探究而非語言學語音系統之掘發與確立，是以本文不擬針對此二項特質詳加討論。

2、形式結構上，詩詞中皆有對句，但詩爲齊言，對句之形式變化有限；詞爲長短句，對句之形式變化則有繁複多變之可能，是以雖然同屬形式結構之範疇，但受限於體式之別異，對句於不同的文體中不論是在結構上或是意義空間上的表現皆會有所不同。由詞家對句構作之異同頗能見其對於特定文體之認知與創作意圖。本文對於對句現象之考量集中於形式結構變化之繁簡以及意義空間的寬廣與深狹。

（二）詞彙風格方面

1、詞彙部分，詞是造句的基本單位，具有一定的意義而能被獨立運用在各種交際場合。由於詞語的意義反映了人類對於外在世界、生活環境的認識，並且表現人類抽象的思維活動，因此在溝通之際，詞語的選用以及構詞的方式將因個體情性的差異而具有各殊的風格特色，由於本文研究重點在於觀察《清眞集》中所隱含的話語信息量與情意特徵，因此重視其中的詞彙運用狀況、口語／書面語的語體色彩以及俚俗／典雅之格調色彩的成因。

2、關於詞彙之研究，自語言學角度以論，可區分爲造詞法與構詞法兩種研究模式。由於造詞法之體系同時涵蓋了「歷史語言學」與「共時語言學」二個範疇，一則由於其涵蓋面過於龐大，不易有效地幫助我們類分《清眞集》中的詞彙；二則，如果依循其分析架構，本文之研究容易溢出風格研究之目的與範圍，因此本文所採取之詞彙研究架構爲構詞法之架構，而在單個項目之間視個別詮釋之需要間以造詞法之造詞概念及釋詞方式。不論借用何種架構或是分析模式，本文最終之研究目的在於作品風格之確立與說明。

3、此外，由於周邦彥極擅長使用典故、融裁前人詩句以重新構詞組句；而領調字乃詞作所獨有之特殊結構，其功能在於承接上下文意並領起一組意象，所以本文將對《清眞集》中的用典方式進行歸納詮解並對領調字作一全盤的整理與統計，藉由辨析其詞性與語法功能，試圖詮說此二種表現方式所呈現的特徵與風貌。

以上三個部分所採用之方式是語言的共時描寫法。在詞彙風格特徵上，由於同屬格律派詞人之柳、周最能於此突顯二者之差異：一爲典雅莊重，一則表現了俚俗家常之語言風格，因此此部分以《樂章集》之詞例作爲主要參照系統以進行辨析比較之工作。

這幾個部分的研究將採取「比較」與「選擇」／「歸納」與「統計」兩種方法交叉運用的方式。「比較」並「選擇」的方式：比較各類詞彙之運用，檢視詞家如何選擇詞彙用以表現或強調語言氣氛（如

「冰盤」／「月」／「桂華」／「清蟾」），並擇取較爲典型的詞例進行分析及說明。而歸納之方式，則是從大量完整的作品（句子、段落、篇章）中，概括出某些特殊的語言成份——例如「怎向」、「但夢想」、「終不似」等只出現在詞作中，而不出現在齊言的詩歌以及同是長短句之曲中的領調字——以進行分析與說明。此外，統計法的應用在本文中亦佔了相當重要的部分，唯有通過統計，我們才能具體地看出周邦彥對於某些詞牌、詞調、句式、韻腳以及詞彙或其他語言結構的偏好程度，明其運用的實際狀況。在統計數字上，因爲本文並非借助於純然客觀、不帶任何主觀判斷色彩的機械器材，而是完全依賴人力之統計，因此欲求百分之百精確而無任何誤差之統計結果實屬不易，是以本文只能儘可能地反覆比對以求其精確；又且風格之呈現自創作傾向之異同亦能見其端倪，因此只要不是舛訛過甚的統計結果皆可適度並有效地呈現周詞與其他參照系統之間創作概況的殊別，並據此進一步詮解各家風格之殊異，是以稍有誤差之統計結果並不會失去其理據上的客觀性及有效性。職是之故，作品結構形式、語言形式之數量比例是我們理解周詞風格特徵又一可信、可用的分析詮釋方式。

上　篇

從詩詞體式之異同
探討《清眞集》的文體風格

前　言

　　對於中國古典詩文的外形結構，歷代的詩文評論者常以「建築」譬喻之，例如劉勰《文心雕龍・鎔裁》說：「繩墨之外，美材既斲，故能首尾圓合，條貫統序」，〔註1〕以詩文之條貫接續如建構屋宇，須得按一定的法則架構建築材料。宋范溫《潛溪詩眼》評杜甫詩亦云：「蓋佈置最得正體，如官府甲第廳堂房室，各有定處，不可亂也」〔註2〕則是以杜甫詩的結構安排嚴整有序，一如官府之甲第屋宇。明代以後，詩評家對於詩文之批評尤重作品語言文字之設計及章法結構之安排，〔註3〕因此，此種「建築」之譬喻亦隨之而有更爲細緻的引申與說明。例如明人王驥德《曲律》卷二說：「造宮室……必先定規式，自前門而廳、

〔註 1〕參見周振甫注，周振甫、王文進等譯，《文心雕龍注釋》（台北：里仁書局，1984），頁 615。

〔註 2〕參見華正書局編，《中國歷代文學論著精選》（台北：華正書局，1980），中冊，頁 91。

〔註 3〕見吳承學著，《中國古典文學風格學》（廣東：花城出版社，1993），第九章〈風格與語言形式〉，頁 136-144。

而堂、而樓、或三進、或五進、或七進」；〔註4〕清人李漁《閒情偶寄》在論及塡詞之結構時，也從「何處建廳何方開戶」循序論及「必俟成局了然始可揮斥運斧」。〔註5〕這二則評論文字皆詳細列舉了屋子的格局構造，冀能具體而微地指導創作者進行詞曲之創作。近人葛兆光則挪用並變化了詩文評中此種以「建築」擬喻藝術文學之結構的譬喻直接指出：詩歌中的格律「是中國古典詩歌語言結構的『圖案化』」之典型體式。葛氏在《漢字的魔方》一書中認爲：詩歌中的律體（排律除外），即絕句中的五言四句、七言四句以及律詩中的五言八句、七言八句四種近體詩，在格式上規範得極爲整飭、固定而精巧，致使詩的韻律（音）、意義（義）與外形（形）都在此既定格式的籠罩之下，經過一千多年的歷史積澱而呈現一種「井然有序的『程式化』」狀態。有了這個固定的「程式」，詩人一方面必須順應潮流「別無選擇地就範」；一方面卻只要按照一定的規範便能輕鬆地寫詩，而不需要費心地重新設計新的建築式樣，「就像中國古代的宮室到明清的紫禁城都按照了一個依中軸線兩翼展開左右對稱、前後錯落的圖式建造以象徵權威一樣」。〔註6〕

　　若依葛氏之說，在已設定好的「建築式樣」下，詩人所能翻騰變化的只有建築材料上不同材質之選擇與其色澤之更換，而在格局上，所能更動的也只是局部建築如廊道、屋簷之線條曲度與轉折，或是如池塘的範圍大小與護欄之有無。即此，我們便可進一步推論出：在同一個文學建築的式樣底下，之所以有豪放與綺麗、疏曠與纖穠等風格上的對立與歧異，乃是來自於語言材料之選擇與語言手段諸如「以文爲詩」、「以詩爲詞」或是各種修辭手法之殊別。站在此一立論基點，我們很容易地便可釐清楊夒生論詞體風格與司空圖論詩之風格，各個相近術語間的分別以及各別意義何在之問題。〔註7〕其中關竅無他，

〔註4〕參見《中國歷代文論選》，中冊，頁375。
〔註5〕參見《中國歷代文論選》，下冊，頁21。
〔註6〕參見葛兆光著，《漢字的魔方》（香港：中華書店，1989），頁88-90。
〔註7〕司空圖《二十四詩品》之要目爲：雄渾、沖淡、纖穠、沉著、高古、典雅、洗煉、勁健、綺麗、自然、含蓄、豪放、精神、縝密、疏野、

乃在於二人皆預先設定了詩詞文體之風格，並略過了體式之間基本風格的比較，只專就某一體式以論其間個別風格之異。此項體式上之大風格（即文體風格）與同一體式下個別風格間的包涵關係，清人陳廷焯在《白雨齋詞話》一書中有頗爲清晰的掌握與認知：

> 詩詞一理，然亦有不盡同者。詩之高境，亦在沈鬱，然或以古樸勝，或以沖淡勝，或以鉅麗勝，或以雄蒼勝。納沈鬱於四者之中，固是化境，即不盡沈鬱，如五七言大篇，暢所欲言者，亦別有可觀。若詞則舍沈鬱之外，更無以爲詞。……〔註8〕

姑且不論其提挈「沉鬱」一詞的基本立場與評詞標準是否有其偏狹之處，就區別文體風格與作品風格之間的別異而言，其邏輯類分的觀念是清晰而條貫的。本論文此一章節的書寫程序即先自體式間大風格的別異談起，繼之論述周邦彥在形式結構上的選擇與此種選擇所突顯的個人風格。至於章節上的細項安排，由於詞與詩（指律化之後的近體詩）此二體式之所以不同的最大成因，乃在於源流上，詞較詩多出了「被諸管弦」、應聲而歌的音樂淵源，因此每一詞牌各有其固定之格式、聲律要求。而詞牌名稱與內容題材，源起之時容或有呼應相和之關連，〔註9〕然而發展到後來，二者之間的關係往往無法究尋，與近體詩中詩題爲全篇意旨之所在的情形大不相同。在形式結構上，爲了配合樂調中主旋律、副旋律、大小音段等曲律結構的交織變化，歌辭的形式便也自然地產生了段落上「分片」與句式上長短不一的特色。詞之格律中，詞牌、分片及句式長短不一此三個特徵主要是合樂

清奇、委曲、實境、悲慨、形容、超詣、飄逸、曠達、流動（參見〔清〕何文煥輯，《中國歷代詩話》（北京：中華書局，1992），頁 38-44）；楊夔生《續詞品》，以詞之風格可別爲十二：輕逸、綿邈、獨造、淒緊、微婉、閒雅、高寒、澄澹、疏俊、孤瘦、精鍊、靈活。參見唐圭璋編，《詞話叢編》（北京：中華書局，1993），第五冊，頁 1524。

〔註 8〕參見唐圭璋編，《詞話叢編》第四冊，頁 3776。
〔註 9〕參見呂正惠著，《詩詞曲格律淺說·中篇：詞》（台北：大安出版社，1991），頁 61-90。

而歌之音樂背景下的產物，但是詞中平仄四聲的輾轤往返與韻部分合的規定，雖也受著音聲曲調的制約，但律化的意識與律化的過程卻絕大部分擷取自近體詩的創作經驗，職是之故，詞中的押韻與平仄四聲的規範可說是源於近體詩。〔註10〕整體而言，詞在形式結構上有如下之特點：

    1、句型長短不一

    2、段落、字數、句數固定

    3、平仄固定

    4、韻腳固定

除了上述四點之外，由於受到詩歌律化的影響，詞調之中凡有對仗之處亦須遵守規定，因此「對仗固定」也可說是詞的格式特色之一，爲詞體意義結構之一部分。〔註11〕若說律詩之「圖案化」乃由四聲平

〔註10〕詞的兩種來源與格律項目的源流判屬可參見王力之說。王力以爲詞從「被諸管弦」一方面說，是源於樂府；從格律一方面說，是源於近體詩。筆者以爲王力此處所言之「格律」，義指稍嫌模糊。格律中的平仄四聲與押韻的現象方才淵源於近體詩；格律中的詞牌與結構形式則是應樂曲結構而有；此外，其所謂的「樂府」一詞，當是指「音樂」之意，然而「樂府」這一個詞彙卻至少有三個以上的涵意（配樂的詩、用古樂府題寫的詩、用古樂府的精神寫的詩）。王力該文之意雖不致於令人心生困惑與誤解，但也由於其用字遣詞不夠精確，致使文字之涵義及概括之範圍模糊籠統，因而阻絕了更進一步且更清晰之討論與說明的可能。王力之說，參見氏著，《漢語詩律學》，收入《王力文集》第十四卷（北京：中華書局，1955），頁625。

〔註11〕此說依據呂正惠先生之意見，參見氏著，《詩詞曲格律淺說》，頁63。王力在《漢語詩律學》一書中，認爲標準的詞必須具備「全篇固定的字數」、「長短句」、「律化的平仄」三個特點（見《王力文集》第十四卷，頁626），這樣的標示，不如呂氏之說來得清楚具體。此外，在詞的對仗上，王氏認爲詞爲長短句，因此許多地方不適合對仗、對仗之處亦不固定；平仄方面，律詩得平仄相對，詞則平仄不拘（出處同上，頁799），由於詩詞體式差別頗大，也並非每個詞調都有對仗的現象，所以我們不難得知，何以王力在列舉詞作之體式特徵時，並不將對仗一項列入其中。這樣的分別與體式特徵的界定自有其合理之處。然而呂氏卻不從二者之異處立論，而本諸「詞是『長短句的律詩』」此一觀念自詩詞相同之處著眼，認爲「對仗固定」亦是詞

仄、句型結構以及對仗所組成，〔註12〕那麼儘管詞中的對偶並不具備每闋必有之普遍性，然而只要其仍爲一種體式規定，我們便可將其納入詞體的結構之中加以尋繹探討，俾以明其異於律詩之處，並藉此指出詞體所獨具之「圖案化」結構。本文章節之安排即據上述所論詞體之各項特徵重新予以歸類，區分成語音特色、形式特色以及意義對仗三個部分並依次討論之。

體的特色之一（呂氏之說參見《詩詞曲格律淺説》，頁 63）。爲了説明詩詞「圖案化」結構之不同，本文隨呂氏之說，亦將對仗視爲詞的體式特徵之一。

〔註12〕參見葛兆光著，《漢字的魔方》，第四章〈格律：中國古典詩歌語言的圖案化結構〉。

第一章 語音的錯綜與和諧——詞倚聲而歌的音樂特質

第一節 詞牌的聲情性質與清眞之創構

「詞調」之意有二，一是指樂譜名字，二是指由樂調歌曲所產生之關於句數、字數、平仄押韻等規定的固定格式。「詞牌」一詞的意義與「詞調」相近，二者常常互相通用，但若要嚴格區分，「詞牌」偏重於指涉樂譜之名稱，「詞調」則偏重指該詞牌之「固定格式」，此固定格式或稱「牌調」。〔註1〕在樂譜方面，各個詞牌各有其隸屬的宮調，由於曲律的組構方式不同，各宮調隨著音符組織之變化，聲情上便有殊別。此宮調上的風格先天性地決定了詞牌的風格走向，若要形諸譬喻，我們可以說，同一宮調下的不同詞牌乃是兄弟手足之關係，雖然具體之面貌精神各異，但源於同一父母的共同基因與特性卻仍舊時能探窺端倪、掌握一二，因此本單元便先由各門各戶之間的大殊別——宮調的聲情——談起。

宋人對於樂調聲情與詞作風格之間互輔互成、緊密呼應的關係較諸其他朝代的作者或是詞評家有著更高的自覺性，此當是緣於詞

〔註1〕參見呂正惠著，《詩詞曲格律淺說》，頁67；鄭騫，〈再論詞調〉，《景午叢編》（台北：中華書局，1972），頁95。

與音樂之聯結性於宋代時正處於臍帶相連、音聲共振的同體階段。例如蘇軾即曾認爲秦觀詞當入小石調；〔註2〕《茗溪漁隱叢話》也曾記載秦觀和王仲至詩，王仲至笑說：「又待入小石調也」，〔註3〕這二則本事皆以秦觀詞婉柔嫵媚之風格正與小石調的聲情諧和相應。宋人楊守齋《作詞五要》則更爲明確地要求二者間必須相互一致。楊氏《作詞五要》認爲作詞之法有五：第一要擇腔，第二要擇律，第三要塡詞按譜，第四要隨律押韻，第五要立新意。五項中的前三項，如「擇腔」條下云：「腔不韻，則勿作。如塞翁吟之衰颯，帝臺春之不順，隔浦蓮之寄煞，鬥百花之無味是也」；「擇律」條下：「律不應，月則不美。如十一月調須用正宮，元宵詞必用仙呂宮爲宜也」；「塡詞按譜」條下則云：「自古作詞，能依句者已少，依譜用字者百無一二，若歌韻不協，奚取焉？」〔註4〕這些條則無一不在說明詞作的文字音聲風格須與曲律風格相互配合。由於詞樂早已亡佚，宋人是否曾經系統性地說明宮調聲情之具體內容，今日已無從查考。離宋未遠的元人周德清在《中原音韻》一書中則記錄了北曲所用六宮十一調的樂調聲情。〔註5〕雖則北曲在唐宋燕樂之外又加上了民間音樂以及金元胡樂的成分，去詞較遠，〔註6〕然而其間的差異主要在於牌調有別，所習用的曲牌不甚相同，至於大範圍上各個牌調所隸屬之宮調，其樂律上調高、調式和基音的組織方式並無不同，所以北曲的宮調聲情依然有助於我們查考宋詞的樂調特色。

〔註2〕引自余毅恆著，《詞筌》（台北：正中書局，1991），頁103。

〔註3〕參見〔宋〕胡仔纂集、廖德明校點，《茗溪漁隱叢話·後集》（台北：木鐸出版社，1982），卷三十三「王仲至」條，頁258。又〔宋〕魏慶之於《詩人玉屑》（台北：臺灣商務，1968）中亦嘗引《孔氏談苑》云：「秦少游云：簾幕千家錦繡垂。仲至笑曰：又待入小石調也。」卷十，頁181、182。。

〔註4〕參見《詞源》卷末附錄：楊守齋《作詞五要》，唐圭璋編，《詞話叢編》第一冊，頁267、268。

〔註5〕參見〔元〕周德清著，《中原音韻》（台北：弘道文化，1972），頁110。

〔註6〕參見鄭騫〈詞曲概說示例〉，《景午叢編》，頁71。

　　《中原音韻》在列舉各個宮調的聲情時，並未進一步說明判斷的基礎及因由，顯然何種宮調具有何種聲情乃依其個人之經驗直覺獲得，並無系統性的理論賴以支撐，所以謬誤不免時見，可信度亦大打折扣。例如周氏以「越調」之曲風爲「陶寫冷笑」，「陶寫冷笑」當是配合著內容語義所表現出來的反諷筆法，此種印象之產生應來自於元曲之題材多數反應當時衰頹的社會現象，而非曲律本身即具備了冷諷陶笑之風格。基於《中原音韻》的標舉多有不合理之處，因此近人余毅恒於《詞筌》一書中做了部分的歸納及修正。本文爲求統計及說明上的有效性，遂將二書之說法一併列舉以爲對照之用，冀能較爲正確地掌握各個宮調的聲情特色。

　　詞至南宋，音樂與文字逐漸分離，詞人對於詞作聲情的掌握多來自於平仄、韻腳以及長短跌宕之句式定格，能夠應合樂律塡詞之作者甚爲少見，故此處藉之與《清眞詞》作一比較的參照對象，僅選擇北宋與周邦彥相近，同重音樂聲律的柳永以及與二人詞風大不相同之蘇軾。此外，諸如「暗香」、「疏影」、「暗香疏影」、「淡黃柳」、「揚州慢」等調式乃爲姜夔所創，北宋時尚未得見，柳、蘇、周三人自無創作，因此不列入統計之範圍，其他相同情況之調式亦作類同之處理。至於詞牌隸屬之宮調，因龍沐勛《唐宋詞格律》一書中所標明的宮調多處與《樂章集》所注不符，〔註7〕故以《樂章集》與《片玉集》（陳元龍集注，彊村叢書本）爲主，《唐宋詞格律》一書僅爲參考之用。此外，東坡詞集中部分之詞牌，因資料有限，無法盡查其所隸屬之宮調，因此表格中之詞牌與所屬宮調僅就《樂章集》、《片玉集》、《唐宋詞格律》、《詞筌》中所標明者爲限。

　　詳盡的詞牌宮調聲情表，由於所佔篇幅過於冗長不易一目了然，

──────────────

〔註7〕如「滿江紅」及「八聲甘州」，據鄭文焯手校之《樂章集》乃入「仙呂宮」，龍氏皆以《樂章集》入「仙呂調」，「仙呂宮」爲夷則均之宮調式，「仙呂調」則屬夷則均之羽調式，此二調式的音韻不同，非爲同一曲律，不能相混爲一。

且又有礙於圖表文字互爲對應的分析與說明，因此本文中僅列舉簡表並加上三家詞作數量、比例之計算，以便於說明及讀者披覽。

▲柳、周、蘇宮調聲情統計表

宮　　調	樂調聲情《中原音韻》	樂調聲情《詞筌》	詞人使用數量柳／周／蘇
仙呂宮	清新綿邈	飄逸綿邈	21／4／30
道　宮	飄逸清幽		0／2／0
總　　　計			21／6／30
佔詞作比例			11%／3%／9%
中呂宮	高下閃賺	曲折隱約	8／7／65
般涉調	拾掇坑塹		5／8／12
總　　　計			13／15／77
佔詞作比例			7%／8%／22%
正宮（正黃鐘宮）	惆悵雄壯	雄壯	9／4／1
高　宮	（缺）	（缺）	0／0／0
總　　　計			9／4／1
佔詞作比例			5%／2%／0%
大石調	風流蘊藉	蘊藉柔靡	14／30／2
小石調	旖旎嫵媚		6／16／16
總　　　計			20／46／18
佔詞作比例			11%／24%／5%
高平調	條暢晃漾	活潑舒暢	0／5／0
雙　調	健捷激裊		18／20／36
總　　　計			18／25／36
佔詞作比例			10%／13%／10%

商　調	悽愴怨慕	悲怨	49／24／15
南呂宮	感歎傷悲		0／2／2
總　　　計			49／26／17
佔詞作比例			26%／13%／5%
角　調	嗚咽悠揚	（缺）	（缺）
商角調	悲傷宛轉		
黃鐘宮	富貴纏綿	莊嚴	1／21／59
總　　　計			1／21／59
佔詞作比例			0%／17%／17%
宮　調	典雅沉重	（缺）	（缺）
越　調	陶寫冷笑	冷雋	1／9／8
總計			1／9／8
佔詞作比例			0%／5%／2%
歇指調	急並虛歇		9／3／8
總　　　計			9／3／8
佔詞作比例			5%／2%／2%
其　他	（缺）	（缺）	44／20／54
總　　　計			44／20／54
佔詞作比例			23%／10%／16%

　　不論是「飄逸清幽」或是「拾掇坑塹」、「條暢晃漾」，因其皆爲形容詞，茲爲評論者憑其主觀銳感而得之表達用語，精確度難以迫至百分之百，因此各個語詞之意涵仍嫌空泛與抽象。爲了儘量減低各個形容詞在意涵上隨著讀者修養不同而詮解便也不同所導致的誤差性與歧異性，我們或許可以依其情感的性質與強度的大小，列出一列反向的情感強度漸進圖：〔註8〕

〔註8〕「高下閃賺」之所以列於屬於婉約特質之情感類別中，殆因於凡屬

悲怨	蘊藉柔靡	飄逸綿邈	高下閃賺（曲折隱約）	冷雋	莊嚴	活潑舒暢	急虛並歇	雄壯

◄————————————————— | | | —————————————————►

中間一欄「冷雋」的情感特質已不易完全掌握，例如屬於「越調」的〈永遇樂〉及〈水龍吟〉二詞，東坡之作與稼軒之作風格即迥然不同，一爲清麗雅緻，一則難掩悲壯之情，可見此曲曲律的確切風格已無法完全由作品平面文字的吟詠之中獲得，只得依憑周德清與余毅恒之說，判定其傾向於「中性」：既不完全類同於具有女性化或女性傾向的婉約特質，也異於顯現力度之美、頓拍均重的豪放特質。我們亦即以此作爲基準點，各向兩頭排列起情感性質一近於莊重高亢之男性美，一近於婉轉掩抑之女性美的聲情用語。

若以之結合柳、周、蘇三人的創作比例，我們對於三人選用宮調聲情的情況，便可一目了然：

▲柳　永

悲怨26%	蘊藉柔靡11%	飄逸綿邈11%	高下閃賺（曲折隱約）7%	冷雋0%	莊嚴0%	活潑舒暢10%	急虛並歇5%	雄壯5%

◄—————55%————— | | | —20%—————►

▲周邦彥

悲怨13%	蘊藉柔靡24%	飄逸綿邈3%	高下閃賺（曲折隱約）8%	冷雋5%	莊嚴11%	活潑舒暢13%	急虛並歇2%	雄壯2%

◄—————48%————— 5% —28%—————►

「中呂宮」之作多有纏綿淒抑之聲情特質。龍沐勛先生在《唐宋詞格律》一書〈劍器近〉一詞下云：「九十六字，前片八仄韻，後片七仄韻。音節極低徊掩抑」。而將「急虛並歇」列入「豪壯」之情感類別中，亦因由於屬於歇指調之作多作激越蒼茫之音，龍氏在《唐宋詞格律》一書〈浪淘沙〉下亦云：「五十四字，前後片各四平韻，多作激越淒壯之音」。

▲蘇　軾

悲怨 5%	蘊藉柔靡 5%	飄逸綿邈 9%	高下閃賺（曲折隱約） 22%	冷雋 2%	莊嚴 17%	活潑舒暢 10%	急虛並歇 2%	雄壯 0%

◄———————41%———————►◄——2%——►◄———29%———►

　　以三人選擇曲調風格的比例表來看，無論是「橫放傑出」（晁補之語）、開南宋辛棄疾豪放詞一派的蘇軾或是傾向於婉麗一派的柳永與周邦彥，在曲律風格上，似乎皆偏好於選用溫婉纏綿之曲調。初看之際，三人的詞作風格與曲律風格彷若沒有太大的關連，不論是聲情綿邈的宮調或是活潑激越的曲律，三人幾乎皆有所創作。但是只要細加察辨，我們不難發現：蘇軾於曲風雄壯的正宮與高宮只作了〈醉翁操〉一詞，其餘皆無所嘗試，並於隸屬於「急虛並歇」曲風的「歇指調」只有百分之二的填寫率。蘇軾此一選調現象與其「挾海上風濤」（王漁洋語）的詞作風格是互有牴牾的，這種情況除了說明詞作風格可以不受曲律風格的拘縛，放蹄遠奔、另闢絕塵之域外，不也從旁隱隱地證明了陸游所言之：

　　　　世言東坡不能歌，故所作樂府辭多不協。〔註9〕

以及宋人彭（乘）所說之：

　　　　子瞻嘗自言，平生有三不如人，謂著棋、喫酒、唱曲也。
　　　　然三者亦何用如人。子瞻之詞雖工，而多不入腔，正以不
　　　　能唱曲耳。〔註10〕

　　即如二則詞話所云之：東坡對於詞作的音樂背景未能精熟，但他對於自身之拙於「唱曲」亦有所自覺。蘇軾或許即曾如軼聞所傳：「（晁補之）與東坡別於汴上，東坡酒酣，自歌『古陽關』」；或如俞文豹所記

〔註 9〕　〔宋〕陸游，《渭南文集》，四部叢刊上海涵芬樓影本（台北：台灣
　　　　　商務，1979）。
〔註10〕　〔宋〕彭□輯撰、孔凡禮點校，《墨客揮犀》（北京：中華書局，2004），
　　　　　頁 324。

載之「(善歌者答)『學士詞，須關西大漢，綽鐵板，唱大江東去」(《吹劍錄》)，〔註11〕蘇軾不但能將作品交付歌者引聲發唱，自身亦能轉喉高歌，並非一如彭乘所說之：詞不入律，乃因其不能唱曲。但是由歷來詞話中種種爭辯以及東坡實際作品中曲風與詞風不能完全應合的現象來看，其對於音律的熟悉程度不如柳、周，並非是精曉聲律之法、能夠調弦度曲的音樂家，顯然可以斷言。〔註12〕但是儘管他所選用的曲律，以偏向於婉約風格者爲多，然而只要我們稍微留意其間的比例消長，便可以發現東坡詞風與曲風兩相牴觸的現象並非是全面性的。詳言之，近於女性情感特質的婉約曲風，柳永的創寫律最高，次爲周邦彥，東坡是三人之中選用率最低者；而近於雄壯風格的曲風，適呈相反走向，以東坡的填寫率最高，這種消長稍稍彌合了東坡詞作之詞風與曲風互相違逆的現象，亦突顯了北宋之際，詞仍合樂能歌之時，雖則「豪放不喜裁剪」（《歷代詩餘引》晁補之語）的東坡，在逸出曲律的束縛，率性奔馳之際，亦要能分辨懸崖與歧途，適度地考量曲律風格與詞作風格間的分合之況。

〔註11〕引自張夢機、張子良編著，《唐宋詞選注》，頁 100。

〔註12〕近人唐玲玲在《東坡樂府研究》（四川：巴蜀書社，1993）中認爲東坡是精通音律的。唐氏廣引東坡詞作中的序言，證明東坡不僅對於音律極爲重視，且有高度的欣賞能力，尤有寫作樂曲之能力（見是書第十六章，頁 226-231）。其所徵引的序言，絕大部分只能說明東坡能隨樂填詞、令詞聲與曲聲相互應合，而關於東坡能夠創作詞曲之事，其所賴以爲據的〈醉翁操〉一詞，詞文序言中雖曾指出：「……有廬山玉澗道人崔閑，特妙於琴，恨此曲之無詞，乃譜其聲，而請東坡居士以補之。」然而唐氏的說明是：「他爲曲譜詞，詞意及詞韻都幽雅鏗鏘，寫成一支極其優美的詞曲。」此項說明的前半部已然指明東坡只是「譜詞」，而後半部的結論卻連帶地將崔閑道士譜曲的成果一并歸諸於東坡之手，此間推論上的疏失是顯而易見的。或如鄭文焯《手批東坡樂府》所言「讀此詞（〈醉翁操〉），驛蘇之深於律可知。」東坡對於音樂實或眞有著深厚的修養，然而音樂的修養，亦可僅止於意境的欣賞與對詞作文辭聲情的拿捏，而不必定然及於嚼徵含宮的音律創作，故鄭文焯所說的「深於律」未必即是指述東坡能夠譜曲泛商，依此，唐氏以爲東坡能夠「寫作詞曲」仍是無法確實證明的臆測之辭。

　　三人之中，以有「妙解聲律，爲詞家之冠」（《四庫全書・片玉詞提要》語）之譽的周邦彥最富於曲風創作上的嘗試性格。他對於曲律的多樣嘗試，於此僅列分九欄，然而柳蘇二人已有掛缺的比例分佈簡表來看，周邦彥的無所闕遺已呈現出其在曲律創作上樂於摸索、廣爲試作的興趣與態度。從其所塡寫的詞牌數與種類來看，亦可看出他嫺於聲律的音樂才情。《東坡樂府》中的詞作數量雖多，詞牌種類卻少。例如屬飄逸綿邈的「仙呂宮」，蘇軾塡寫率雖然高於周邦彥，但前後只用了五個詞牌，其中〈南歌子〉與〈滿江紅〉就分別塡寫了十九首與五首；而周邦彥此項的創作數量雖然只有六首，僅佔創作比例的百分之三，卻也分別觸及了三個詞牌，每一個詞牌的塡寫數量最多不超過三首。再以東坡所作比例最高的中呂宮與般涉調而言，七十七首詞作中，只用了九種詞牌，其中有四個詞牌，塡寫的數量皆在十首以上。而《清眞集》創作比例最高的大石調與小石調，四十六首詞作中，共用了二十八個詞牌，詞人對於各種詞牌、各種樂調樂於探索嘗試的創作性格，於此可見一斑；而此種創作性格若無獨步詞林的音樂才能作爲基礎，亦無法左右逢源、充分發揮。再者，《清眞集》中重複塡寫，數量高居全集之冠的〈蝶戀花〉與〈浣溪沙〉皆僅十首，其他則或一調、或二調，未有如東坡詞作動輒十數首、二十數首、甚或四十七首（〈浣溪沙〉）之現象，這亦說明了東坡所熟悉的詞牌是集中且有限的。而清眞既司掌「大晟府」，則其負有定律繁曲之重責大任，必得多所嘗試與創作，因此《清眞集》中所用詞牌之多、觸及面向之廣也就合於情理、不足爲異了。根據王支洪氏在《清眞詞研究》一書中的統計與說明，他認爲清眞詞：

　　　　寄託於音樂中的感情，以風流蘊藉的爲最多，悽愴怨慕，
　　　　富貴纏綿的次之。而清新綿遠，健捷激裊，陶寫冷笑的作
　　　　品也不少。〔註13〕

　　王氏之觀察與本文所作的統計結果相去不遠。關於歷代詞話對於

────────────
〔註13〕參見王支洪著，《清眞詞研究》（台北：東大圖書，1978），頁35-36。

周詞風格之說明，設若我們先捨置常州詞派喜以比興寄託闡述詞作，評論周詞如「沉鬱頓挫」等言不論，考查較為平情之論說亦可得到類近的觀察結果。例如清人彭孫遹所云之：

> ……美成詞如十三女子，玉豔珠鮮，政未可以其軟媚而少之也。〔註14〕

以及元人劉肅之評：

> 周美成以旁搜遠紹之才，寄情長短句，縝密典麗，流風可仰。……〔註15〕

二人皆認為周詞之風格芊綿溫麗。此芊綿溫麗之風格與詞人選用曲律的風格走向是互相應合的。

就嘗試性質的創作活動是否頻繁發生而言，由曲律風格的比例圖來看，柳永似乎不及周邦彥，但若自《樂章集》中多有同一詞牌分屬不同宮調的現象詳加細味，便可獲知柳永對於創作新聲所作的努力並不下於周邦彥，由此亦能證明柳永之於詞史上自度新調、奠定慢詞體例的歷史地位。例如《樂章集》中〈安公子〉一詞共有三首，但一屬中呂調，二屬般涉調，二調式前後相差二十五字，一調式以雙式句為主，一調式以單式句為主；隸屬般涉調的兩首作品，或寫羈旅行役之所見、所苦，或抒離情之愁悶，要皆語勢的聲容曲折淒婉，詞情、聲情正與曲調風格相合。再如〈傾杯〉六首，調式各異，字數也各不相同。這種一詞多調的現象，適明柳永正處於隨樂譜詞、多方摸索之詞體方興的階段。

本節主要目的在於考察詞情與聲情的離合現象，然而二者之間的關係並非是必然扣合的鎖鑰與鎖孔，多作激越淒壯之音的調式，未必不能作婉轉裊娜之表現，而曲風曲折隱約者，亦時現輕盈流快之辭情。例如〈浣溪沙〉上下兩片，各三個七字句，一路串下，奔快流暢，既不曲折隱約，亦可不必寫得富貴纏綿；再如〈夜遊宮〉

〔註14〕參見〔清〕彭孫遹，《金粟詞話》，《詞話叢編》第一冊，頁721。
〔註15〕見陳元龍集注本，《清真集・序》（台北：學海出版社1999）。

一詞雖屬般涉調，但以單式句爲主，就字辭的聲情而論，亦是輕快活潑的，讀者甚難依此揣想其原來託附的曲聲旋律何等的曲折幽微。〔註16〕因此，本節所作的統計與歸納，所獲致的結論乃是自高空俯視而得的鳥瞰圖象，所見所得僅爲山陵河川的線條輪廓，尚不能俱悉農舍高樓的一磚一石。職是之故，此處的分析工作只說明了詞人於曲風擇取上的「傾向」，我們並不企圖據此論斷柳、周、蘇三人在曲風選擇上的必然特徵與絕對風格，更爲確切的風格定論將有待於詞之體式中其他構成因素的結合與匯流。

第二節　平仄音律與清眞遞轉四聲之美聲要求

　　上一單元乃從音樂曲律之聲情特色著手以論詞體及周詞的樂聲風格。此一觀察角度只能得其片面正確性的原因無他，端在於一則，由於詞樂亡佚已久，我們只能從遺留至今的碎篇殘論中拼湊起詞樂聲情的體貌輪廓，至於具體之聲情特色究竟如何已無樂譜足供後人詳加細辨；二則，由於宮調是調高、調式和殺聲（起調與畢曲）組織而成的綜合體，在宮調的大範式之下又可隨意組織以成不同的旋律、構成繁複多變的詞牌曲式，因此，同一宮調下各式詞牌之風格不必盡然相同。〔註17〕除了上文所舉之例外，再如〈滿江紅〉與〈玉蝴蝶〉二個詞牌，雖然同屬「清新綿邈」的仙呂宮，然而〈滿江紅〉一詞即如龍沐勛先生在《唐宋詞格律》一書中所言，其「聲情激越，宜抒豪壯情感與恢張襟抱」，〔註18〕既與〈玉蝴蝶〉綿婉的風格大相歧異，復與仙呂宮的曲律風格互有牴觸，因此，若欲較爲全面地掌握一首詞牌的整體聲情，除了求之於音樂的聲調風格之外，尚有賴於辨明詞作之四聲平仄、韻腳舒促等文辭上的聲調以及

〔註16〕詳細的曲牌格式，可參見龍沐勛著，《唐宋詞格律》(台北：里仁書局，1986)，頁 12、85。

〔註17〕參見余毅恒著，《詞筌》，第四章〈「詞」的音律〉。

〔註18〕參見龍沐勛著，《唐宋詞格律》，頁 106。

句式之節奏，以彌補樂譜亡佚所造成的缺失。

　　對於詩歌中音聲節奏的自覺與掌握，我們可以遠溯至先秦時代的文學作品。先秦文學作品中，透過句末韻字有規律地重複出現，讀者雖能定時地感覺到節奏的回環與韻律的脈動，然而由於韻與韻之間相隔太遠，句內的聲音往往缺乏規律的組合，無法充分滿足人們對於更有秩序、更密合的節奏感的需求。六朝之際，永明詩人遂對詩歌的聲律模式作一系列的改造與設計，以錯綜合諧爲主要的審美基礎，在詩歌的字與字之間、句與句之間、兩句與兩句之間，力求語音低昂互節的變化與協暢，此即爲「四聲八病」之說。「四聲」之說使人們進一步地認識了聲與韻之外的聲調，並爲「八病」之說提供了詩律構成的基礎。但是「四聲八病」的設計構作僅管詳盡，卻也因此流於實踐上繁瑣細碎、困蹇難行之弊，無法應合人類最基本之二元對立的思維方式，於是，唐朝詩人遂逐漸將苛細的四聲規定轉變成二元對立的「平仄」定格。〔註19〕

　　葛兆光與松浦友久在論及詩歌的平仄現象時，提出了共同的結論：平仄相次的詩歌語音序列是相對而均衡的。松浦久友認爲：「平對仄」的現象可以直接視爲「對偶現象的一個典型表現」，而以「二音節一拍」爲基礎節奏的漢語，一結合音調上的對偶，便形成「平平仄仄」或「仄仄平平」的語音序列，因此「平仄」聲調的對偶排列使得漢語二音節一頓的基礎節奏立體化了。〔註20〕葛兆光則直接以圖案揭示詩歌語音序列的對稱與方整：〔註21〕

〔註19〕並參葛兆光著，《漢字的魔方》——〈四、格律：中國古典詩歌語言的圖案化結構〉，頁91-101；松浦友久著，孫昌武、鄭天剛譯，《中國詩歌原理》（台北：洪葉文化，1993），第六篇〈詩與對句〉，頁203-206。

〔註20〕參見松浦友久著，孫昌武、鄭天剛譯，《中國詩歌原理》，頁205。

〔註21〕參見葛兆光著，《漢字的魔方》，頁103、104。

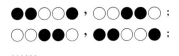

或是：

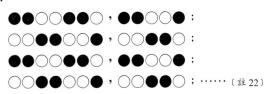

　　不論是葛兆光所繪出的二式圖形，或是松浦友久所指出之：詩歌語音平仄的對偶性排列是漢語排列方式的立體化，二人說法俱皆指向：近體詩的整體結構方整立體，一如孩童手中旋轉自如的魔術方塊。

一、五代、宋初詞人隨樂以論平仄四聲

　　詞體在演進的過程中，其特殊之處即在於逐漸將直截的線條柔軟化、女性化，一變筆直簡易爲婉曲繁複。夏承燾在〈唐宋字聲之演變〉一文中，將詞體之四聲平仄由簡趨繁的遞變過程作了一清晰扼要之闡明，而林玫儀於〈柳周詞比較研究〉一文中，對於柳、周二家詞作於四聲陰陽上之異同則有更爲縝密之分辨。本文即依據二家之說，試圖進一步勾繪出詞體字聲線條由直轉曲之連環進程。

　　詞起於中唐，白居易、王建等人已有創作。初起之作品，形式與近體詩相近，方整之作極多，直至晚唐，溫庭筠方才眞正重視音樂與文字之間的離合關係，隨樂譜詞，方整的文學形式於是逐漸衍變成凹凸不平的形態，並配合樂聲之抑揚於詞中別分平仄。溫庭筠對於平仄的要求甚有嚴於唐詩者：一則，詩中寬鬆之處──一、三、五字，平仄可以不拘，溫詞卻絲毫不苟，例如〈南歌子〉七首中之二：（加▲

〔註22〕由於近體詩的平仄排列尚有「平起式」與「仄起式」，所以這兩種排列方式並不能窮盡各種平仄的式樣。但葛氏之意只在列出五律與七律平仄相間相對的錯協圖案，不在詳論近體詩的各種平仄格式。就勾勒語音序列的圖案而言，此二式即已足夠。

者爲謹守平仄之處）

　　手裏金鸚鵡，胸前繡鳳凰。偷眼暗形相。不如從嫁與，
　　　　▲　　　　　　　▲　　　　　　　▲　　　　　　▲

　　作鴛鴦。

　　似帶如絲柳，團蘇握雪花。簾捲玉鉤斜。九衢塵欲莫，
　　　　▲　　　　　　　▲　　　　　　　▲　　　　　　▲

　　逐香車。

　　若以圈圖示之，則其語音序列與詩是相同的（除其末句所多出之三字句外）：

　　●●○○●，○○●●○；
　　○○●●○，●●○●○；……

　　二則，爲了合於管弦音聲，溫詞中多有拗句，且拗折之處，每首俱皆如此，謹守不變，如〈定西番〉其中二首：

　　海燕欲飛調羽，萱草綠，杏花紅，隔簾櫳。
　　　　　　　▲

　　雙鬢翠霞金縷，一枝春艷濃。樓上月明三五，瑣窗中。
　　▲　　▲　　　　▲　　▲　　　　　▲

　　細雨曉鶯春晚，人似玉，柳如眉，正相思。
　　　　　　　▲

　　羅幕翠簾初捲，鏡中花一枝。腸斷塞門消息，雁來稀。
　　▲　　▲　　　　▲　　▲　　　　▲　　　▲

　　結合拗句之處，以圈圖示之則爲：

　　●●■○○●，○●●○●，●●○。
　　○●■○○●，■○○●○。○●●○○●。●○○。

　　由於詞在句式上長短不一的變化，詞體初興之時的方整形式逐漸地被其他不等邊的形體所取代，但是於字聲變化上的演變速度是不與形式同步的。雖然如第三句與第四句，字聲的排列並非錯雜相間，而是回環重疊，但是所有的拗救變化基本上仍以兩個音節爲一頓，以平仄錯出相間爲原則。例如二、三句字數相同，則平仄相對；再如第五、六、七句，首字該仄之處作平、該平之處作仄，則於第三字平處作仄、仄處作平，不但繼續維持句中平仄循環相對的平衡感，且令此三句儘

量處在平仄相間且又相對的狀態中。這種拗句雖然是應合樂之需要而產生，但是平仄相對的原則與近體詩是相近類同的。

　　溫庭筠於詞中已嚴分平仄，一至韋莊之手，更似能漸辨去聲，唯作品之中互有乖悖之處仍多，〔註23〕必須等待宋初的晏殊，在去聲的辨明上方能臻至精純謹嚴之域。晏殊對於去聲的分辨，在詞作的結句之處尤其恪守不移。例如〈瑞鷓鴣〉兩首上下片的結句：

　　　特染妍華贈世人／報道江南別樣春
　　　　　　▲　　　　　　　　▲

　　　端的千花冷未知／不待夭桃客自迷
　　　　　　▲　　　　　　　　▲

再如〈望仙門〉三首的下片結句：

　　　歡醉且從容／為壽百千長／齊唱「望仙門」
　　　　　▲　　　　　▲　　　　　　▲

　　由於細辨去聲，所以在字聲上，不僅「一簡之內」（沈約語）〔註24〕平、仄相間錯出之外，且在平平仄仄之或高或低卻沒有一定音調的情況下，賦予了某字固定的調高變化。音律的線條於是從外在的方直、內部的隨意散漫而凝固下來，可以捏塑成有小小弧度的曲線。若以聲調起伏的線條配合圈圖一併觀之，我們將更能明白宋詞字聲演變的走勢（◎為仄可作平者）：

　　七　言

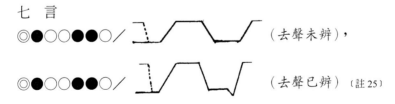

　　◎●○○●●○／　　　（去聲未辨），

　　◎●○○●●○／　　　（去聲已辨）〔註25〕

〔註23〕具體實例請參見〈唐宋字聲之演變〉，收錄於趙為民、程郁綴選輯，《詞學論薈》（台北：五南圖書，1989），頁453。

〔註24〕〔梁〕沈約於《宋書‧謝靈運傳論》中表示：「夫五色相宣，八音協暢，由乎玄黃律呂，各適物宜。欲使宮羽相變，低昂互節，若前有浮聲，則後須切響。一簡之內，音韻盡殊，兩句之中，輕重悉異。達此妙旨，始可言文。」語見楊家駱主編，《新校本宋書附索引》（台北：鼎文書局，1990）冊三，頁1779。

〔註25〕此中之以去聲的聲調作下沉之勢，乃據夏承燾〈唐宋字聲之演變〉

五　言—

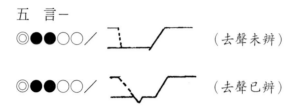

（去聲未辨）

（去聲已辨）

　　何以聲律線條的改變自結句之仄聲中的去聲爲始，而非其他？不
論作曲或作詞皆重末句，夏承燾先生於文中即言「蓋結聲爲全詞音節
所注，故用字宜嚴」，而仄聲上、入、去三聲之中以去聲的聲勢最爲
「激厲勁遠」，因此最不能與其他三聲相混。〔註 26〕此音聲之理，宋
人沈義父於《樂府指迷》中亦曾指明：

> 腔律豈必人人皆能按簫塡譜，但看句中用去聲字最爲緊
> 要。然後更將古知音人曲，一腔三兩隻參訂，如都用去聲，

一文所云。文中指出：南北唱法不同，南音以去聲由低而高、上
聲由高而低，北音則正好相反，去聲由高而低、上聲由低而高，
詞之唱法當是以北音爲準（見《詞學論薈》，頁 458）。徐信義於《詞
譜格律原論》（台北：文史哲，1995）一書中曾經指出：不同的漢
語方言系統，其聲調值不同，又且宋人作詞有以方音協韻之例，
因此實則不能以某一語言的聲調值來規範所有漢語系統的語言。
（見徐氏書第三章、第六節，頁 84-89）其言雖爲的論，但宋詞所
依據的曲律調譜大抵仍是經過朝廷樂部加以整編改定者，如柳永
塡詞所據之音樂即經太宗改定之燕樂、徽宗所設立之大晟府，則
交由周邦彥負責，令其進行改編新樂之工作，（參見林玫儀，〈柳
周詞比較研究〉一文，收入氏著《詞學考詮》（台北：聯經，1987），
頁 218、219），又柳永後雖淪落教坊，爲樂工歌伎塡詞，但流連之
地依然離汴京不遠，（李昌集、劉樹華著〈論柳永和他的詞〉，《揚
州師院學報》，1982 年 2 期）。亦且詞在文人化之後，創作者大體
上皆曾身居官府要職，早已以官話作爲第二母語，因此，我們有
理由相信，北宋詞家在進行創作之際是有統一的字聲腔調作爲創
造基準的，而此一基礎語言極有可能即爲北方官話，職是之故，
以方言入詞可能只是創作上的一種特例，而非普遍現象，若爲普
遍現象，則宋詞的聲律即無法守、不須守，亦因此，我們以代表
北方官話之國語的四聲調值擬測當時之音值，並由此繪出聲調線
條，雖無法獲致百分之百的精確性，但亦不至過於乖謬舛誤。

〔註 26〕同註 35，參見趙爲民、程郁綴選輯，《詞學論薈》，頁 454、455。

　　亦必用去聲。〔註27〕

　　去聲之重要由此可見一斑。由稜角分明的直線設計乃至起伏落差加劇，並且成爲創作規範之一，這種之於字聲上嚴格要求、精粗必較的態度似乎使得作者的創作之途顯得更爲縛手狹隘了。然而，這種謹嚴化的趨勢卻也使得詞作的字聲線條漸漸地趨於柔軟流麗，而眞正流暢的字聲線條不見於北宋初期晏、歐諸位詞家之作，仍得有待於善爲歌辭之柳永、周邦彥，在力求聲容之美的多方嘗試下方能淸楚呈現。

二、柳、周用律之考究精嚴

　　柳永承晏殊之習，在去聲方面尤其精審講究，如〈木蘭花慢〉三首，上下片六七兩句（加▲者爲去聲，加。者爲陽上作去，△爲應對而不對者）：

　　　　見新雁過，奈佳人自別阻音書。
　　　　　▲　　▲▲　　　　　▲

　　　　縱凝望處，但斜陽蔂靄滿平蕪。
　　　　　▲　　▲▲　　　▲

　　　　盡尋勝去，驟雕鞍紺幰出郊坰。
　　　　　。　　▲▲　　　　▲

　　　　對佳麗地，信金罍繫竭玉山傾。
　　　　　▲　　▲▲　　　　　▲

　　　　近香徑處，聚蓮娃釣叟簇汀洲。
　　　　　▲　　▲▲　　　。　　　▲

　　　　況虛位久，遇名都勝景阻淹留。
　　　　　▲　　▲　△　　　　　▲

　　在句式不等的十餘字之間，嚴辨去聲者即有四、五處，較諸晏殊之作顯然更爲稠密，而此間音聲上的抑揚起伏，波線上的彎谷曲折之勢自亦更爲密集而繁複。柳永不僅一句之中疊用去聲，他在字聲的考究上過於晏殊之處，尤在於對入聲字之講求與上去二聲之辨。此二則雖是柳永首創其例，但因其正處於開創性階段，故而尙未能臻至變化之極境。周邦彥於此，有更精於柳詞之處。二人之間的同異處及其所

────────────

〔註27〕參見唐圭璋編，《詞話叢編》第一册，頁280。

創造的聲律線條，茲臚舉分述如下。在入聲字上，柳周二人於慢詞雙調之體中的著意運用，嚴謹而有度，柳詞嚴用入聲之例如〈采蓮令〉（月華收）上下片句式相同之處：

西征客，此時情苦／軋軋開朱戶。
▲　　　　　　▲　　　▲ ▲

貪行色，豈知離緒／脈脈同誰語。
▲　　　　　　▲　　　▲ ▲

再如〈歸朝歡〉（別岸扁舟三兩隻）：

溪橋殘月和霜白／雙輪雙槳，盡是利名客
▲　　　　　▲　　　▲　　　　　　　▲

新春殘臘相催逼／玉樓深處，有箇人相憶
▲　　　　　▲ ▲

用於上下片結句之處者如：

滿長安，高卻旗亭酒價／放一輪明月，交光清夜〈望遠行〉
　　　　　　　　　▲　　　　　　　　▲

（長空降瑞）

涅蓮臉盈盈／說如此牽情〈引駕行〉（紅塵紫陌）
▲

早晚是讀書天氣／有人伴日高春睡〈別銀燈〉（何事春工用意）
▲　　　　　　　　　▲

周詞嚴用入聲之例，變化猶多於柳詞，如上下片相對之處用入聲字者：

惜惜坊陌人家／侵晨淺約宮黃〈瑞龍吟〉（章臺路）
▲　　　　　▲

窗影爛光搖／楊柳拂河橋〈憶舊游〉（記愁橫淺黛）
▲　　　　　　　▲

漸暗竹敲涼／但滿目京塵（同上）
▲　　　　　▲

句腳用入，而非韻腳者：

聽鳴禽按曲／嘆將愁度日〈掃花遊〉（曉陰翳日）
　　　　　　　▲

嗟情人斷絕／料舟移岸曲〈解連環〉（怨懷無託）
▲　　　　▲

人靜烏鳶自樂／憔悴江南倦客〈滿庭芳〉（風老鶯雛）
　　▲　　　　　　　▲

去聲與入聲連用，法度之嚴、數量之夥，遠勝於柳詞，其例爲：

看步襪江妃照明鏡／攜艷質追涼就槐影〈側犯〉（暮霞霽雨）
　　▲▲　　　　　　▲▲

賓鴻謾說傳書／秋霜半入清鏡〈宴清都〉（地僻無鐘鼓）
　　▲▲　　　　　　▲▲

鳴蛩勸織／長安亂葉〈齊天樂〉（綠蕪彫盡臺城路）
　　▲▲　　　▲▲

　　除了「去入」聲之連用外，尙有「入去」連用、「上入」連用、「入上」連用、「平入」連用、「入平」連用、「平入平」連用、「上入平」連用之例。〔註28〕可見清眞在入聲字的運用上，已刻意地與其他三聲作交叉遞換之連結搭配，此繁複交叉之目的無他，端在求取字音轆轤往返之美聽效果。除與其他三聲作穿插交替的變化外，清眞在入聲字的鑲嵌設計上，更有其過於北宋各詞家的精雕細琢處。例如〈蝶戀花〉四首，韻字全同，皆爲「後」、「牖」、「酒」、「手」、「透」、「秀」、「首」、「舊」，而各首上片第一句、第三句及下片第一句，韻字上之字皆作入聲：

愛日輕明新雪後／不待長亭傾別酒／淺淺挼藍輕臘透
　　　　　　▲　　　　　　　　▲　　　　　　　　▲

桃萼新香梅落後／舞困仁迷如著酒／雨過朦朧斜日透
　　　　　　▲　　　　　　　　▲　　　　　　　　▲

蠹蠹黃金初脫後／不見長條低拂酒／鶯擲金梭飛不透
　　　　　　▲　　　　　　　　▲　　　　　　　　▲

小閣陰陰人寂後／夜半霜寒初索酒／綵薄粉輕光欲透
　　　　　　▲　　　　　　　　▲　　　　　　　　▲

　　再如〈玉樓春〉（桃溪不作從容住）一詞，上片一、二、四句及下片第一、二句中的第三字皆爲入聲：

桃溪不作從容住／煙中列岫青無數／秋藕絕來無續處
　　　▲　　　　　　　▲　　　　　　　▲

〔註28〕各種變化之例句，因篇幅所限，本文無法一一列舉，欲細味其間之音聲抑揚者，可以參見夏承燾，〈唐宋詞字聲之演變〉一文，收入趙爲民、程郁綴選輯，《詞學論薈》（台北：五南圖書，1989），頁 468-470。

雁背夕陽紅欲暮／今日獨尋黃葉路〔註29〕
　　　　▲　　　　　　　▲

　　此詞字聲尤為特殊之處乃在於：上下片之第三句「當時相候赤欄橋」、「人如風後入江雲」皆為「平平平去入平平」，此種相映相稱之處絕非偶發性的巧合，實乃詞人在精於音律的基礎上刻意為之之構作與安排。

　　前文曾經提及，早期的詞在字音上的拗救變易基本上仍以兩個音節為單位，以作平仄錯出的相間交替，若字數相同，大體上仍然平仄相對；但詞之發展越至後期，則往往能於基本格式中得見一個音節、兩個音節，甚或三個音節輪流間出，以作平仄交替之變化者。兩個音節雖然依舊是平仄錯出的基本單位，但是一句之中以奇數單位作為平仄區隔的現象越來越多，兩句之間、兩聯之間亦自無再有恪遵「粘」與「對」之規範的定矩，如此一來，則其間的平仄格式較之於近體詩更顯繁複多樣而尤其不易規納出基本的記誦規則。例如詞中的五言句，在第一字上的平仄變化有時不僅是拗，且此處之拗已成定格，不得不加以遵守。例如其中有「平仄平平仄」（○●○○●）一式，已不再作「仄仄平平仄」；而「仄平平仄平」（●○○●○）一式，雖然偶爾可作「平平仄仄平」，但以前者為原則。再如七字句，有「仄仄仄平仄平仄」（●●●○●○●）與「仄仄平平平仄平」（●●○○○●○）等與近體詩相去甚遠之基本格式。以近體詩的拗救觀點來看，此些皆是拗而不救的句式。而意義節奏屬於三、四者，則有「仄平平－平平平仄」（●○○－○○○●）與「仄平平－平仄平仄」（●○○－○●○●）等樣態，〔註30〕故

────────────────

〔註29〕此處之例乃依林玫儀〈柳周詞比較研究〉一文定列，文中例證為林先生據夏氏之文後出轉精之研究成果。

〔註30〕王力於《漢語詩律學》論近體詩一章中，曾闢一節以論詩中的「拗救」問題，並將救拗之法分為兩類，一為「本句自救」，一為「對句相救」，對句相救的基本條件自是句數、字數俱皆齊一相等，方能在字數相對之處，以平救仄或以仄救平。而在論詞之一章中，王氏則不再言詞中的拗救之法，論詞之平仄亦已不再同於論詩般

王力於《漢語詩律學》中即曾言：

> 大致說來，唐五代詞差不多全是律句，宋詞則往往律拗相
> 參。〔註31〕

　　由於詞中各句之平仄依然相間錯出，但相間錯出的距離已不再相互一致或有簡易的規則可供依循，復加上兩句之間的平仄亦因句式的長短不一而失去了兩兩相對的平衡與均齊，故就語音序列而言，慢詞的大量出現，促使詞的圖案化結構大幅地偏離了對稱和諧的審美範疇。由於失去了相當的間距，字聲間的抑揚狀態則或急或緩；緣於去聲的嚴格審辨，字聲揚處的波峰與字聲抑處的波谷，何時得有一定的起落之勢，因而自此有了坐觀丈量的依準。入聲字的考究，則是更進一步盤畫了聲波落跌之際的勁道與弧度。由於入聲字因輔音韻尾失落，宋末明初之際，於北方方言中已流散不存，而分別派歸於其他三聲之中，〔註32〕因此，該時的入聲字調值如何，已極難擬測查考，〔註33〕若欲依其聲調繪出聲波的線條似乎已難以辦到。但自柳永在字數相對之處與結句之處嚴格用入，周邦彥刻意地以入聲字與其他三聲結合，並配合著韻腳作各式設計的現象觀之，於是我們可以想見，聲波的線條走勢一至柳周二人手中，復又增添了異於去聲已辨的另種起伏

　　一聯一聯論，而是以字數的多寡做爲區分的條目，一個單句、一個單句的分述。可見詞中的拗句，實在已成定格，而以兩個音節爲單位作爲平仄相間輪替的原則，已不再如近體詩般地被奉爲美聲的最高圭臬。詞中一字句至十一字句的各種格式樣態與例句，可參見王力，《漢語詩律學》（《王力文集》第十四卷）第三章，四十節至四十四節。

〔註31〕同上註，頁714。

〔註32〕「入派三聲」的說明並見夏承燾〈唐宋詞字聲之演變〉一文及趙元任著、丁邦新譯，《中國話的文法》（香港：中文大學，1980），頁15。

〔註33〕雖則近人董同龢在《漢語音韻學》（台北：文史哲，1989）一書中，分別標出了現代方音中下江官話、吳語與廣州話入聲字的調值，但三者各異，甚且蘇州話之入聲尚有「陰入」與「陽入」之分別，而最近於北方官話的下江官話，一來，其與北方官話之間也只能是「近似」，仍未能完全相同，二來，其去聲字的調值已非作下沉之勢，故而入聲之調值是否接近中古時期北方官話中的入聲調值，是令人懷疑的。

姿態。此種姿態在柳詞中只是素樸而又單純的出現於固定、可預期之處，一入周詞則穿插來去，繁複而眩目。

以入聲字繪出聲波走勢雖屬不易，但若自其他三聲的相互遞用以明柳、周詞聲線之流美則又並非絕難辦到之事。夏承燾於〈唐宋字聲之演變〉一文中以柳詞能爲「上去之辨」是不可不特書之事，並以線圖彰明其「必『上去』或『去上』連用，乃有纍纍貫珠之妙；若連用兩上或兩去，則拗嗓棘口」，其圖爲：

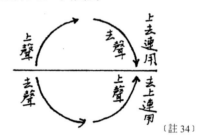

〔註34〕

由於此圖僅能示明二字之間的聲線弧度，因此我們或可更進一步將線條延長，清晰地標畫出一整句的聲調曲線圖。〔註35〕

1、柳、周詞四字句中平分陰陽、仄辨上去之例

（1）作「平平去上」者

△曲線圖：～～＼／～＼

△詞　例

柳永：

　孤幃夜永（慢卷紬）　　　歸來向晚（長壽樂）

　融尊盛舉（永遇樂）　　　妍歌艷舞（合歡帶）

周邦彥：

　傷離意緒（瑞龍吟）　　　桐花半畝（鎖窗寒）

　金城暮草（宴清都）　　　梁間燕語（垂絲釣）

〔註34〕參見夏承燾，〈唐宋字聲之演變〉，收入趙爲民、程郁綴選輯，《詞學論薈》，頁457、458。

〔註35〕下文之標目與詞例，大抵依據林玫儀〈柳周詞比較研究〉一文定列。

（2）作「去上平平」者

△曲線圖：

△詞　例

柳永：

坐繞清潯（夏雲峰）　　　又恐恩情（擊梧桐）

陳水消痕（古傾杯）　　　夜永清寒（過澗歇近）

周邦彥：

暮往朝來（慕枝香近）　　燕子樓空（解連環）

勸此淹留（西平樂）　　　醉擁重衾（尉遲杯）

（3）作「去平平上」者

△曲線圖：

△詞　例

柳永：

故人千里（訴衷情近）　　絳河清淺（戚氏）

暮雲芳草（訴衷情近）　　片帆高舉（夜半樂）

周邦彥：

少年羈旅（鎖窗寒）　　　夢沉書遠（過秦樓）

霧迷衰草（霜葉飛）　　　樹藏孤館（塞垣春）

（4）作「上平平去」者

△曲線圖：

△詞　例

柳永：

古今無價（二郎神）　　　指天涯報去（引駕行）

鼠窺寒硯（傾杯）　　　　倚風情態（玉蝴蝶）

周邦彥：

蟹螯初薦（齊天樂）　　　淺嚬輕笑（感皇恩）

剪裁初就（玉燭新）　　　眼波傳意（慶宮春）

2、柳、周詞五字句以上平分陰陽、三仄遞用之例：〔註36〕

（1）五字句

柳　永

詞　例	曲線圖
一向無心緒（祭天神）	
中路委瓶簪（離別難）	
一夜狂風雨（歸去來）	
不稱在風塵（少年遊）	
向別浦相逢（臨江仙引）	

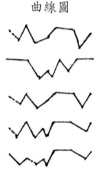

周邦彥

詞　例	曲線圖
悄郊原帶郭（瑞鶴仙）	
但滿目京塵（憶舊遊）	
獨愛尊羹美（驀山溪）	
暮色分平野（塞垣春）	
帳底流清血（滿路花）	

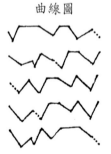

（2）六字句

柳　永

詞　例	曲線圖
空有半窗殘月（小鎮西）	
漸曉雕闌獨倚（佳人醉）	

〔註36〕詞句尚有八字、九字、十字、十一字者，此處之所以未加列舉，一則乃因此文主要的目的在闡明詩詞字聲線條之異，一則因八字以上的句式乃由三字句至七字句互相結合、推衍以成，爲了使文辭、內容俱皆精簡扼要，故例證只僅於七字句爲止。

舊約前歡重省（傾杯）

周邦彥

詞　　例	曲線圖
似覺瓊枝玉樹（拜星月）	
淚濕領巾紅皺（如夢令）	
斜月遠墮餘輝（夜飛鵲）	

（3）七字句

柳　永

詞　　例	曲線圖
一生惆悵情多少（梁州令）	
語聲猶顫不成嬌（燕歸梁）	
淡黃衫子鬱金裙（少年遊）	

周邦彥

詞　　例	曲線圖
空餘滿地梨花雪（浪濤沙）	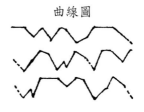
出林杏子落金盤（訴衷情）	
拂水飄綿送行色（蘭陵王）	

3、周詞獨到之處：

（1）平去對照

詞　　例	曲線圖
偷換韓香（風流子）	
空帶愁歸（夜飛鵲）	
時認鳴鑣（憶舊遊）	

（2）隔平配去上——「去平上」

詞　　例	曲線圖
看兩兩相依燕新乳（荔枝香近）	

念漢浦離鴻去何許（浪濤沙）
午妝粉指印窗眼（秋蕊香）

　　由上所繪的曲線圖可以清楚得見柳、周二人在字聲上的講究以及詞聲抑揚的跌宕起落與聲勢之美。音聲的蜿蜒曲折於柳詞中雖然較諸前人之詞流麗多態並有既定的起落規則可循，但是其間的規則變化較之清眞詞，則尙顯暢明簡易，故而四聲的搭配轉遞，仍要自《清眞集》中尋繹方能窮見精巧之極境。此些圖例雖非爲宋詞之定格，僅只於個人的創作成果，然而此種創作成果之所以獲致，正根源於詞本須合樂的文體本質、詞人對於詞之格律與詞之音律二者須得相應相合的認識，以及詞家審音辨律之能力。因此我們不僅可以藉此圖例判明詩詞文體風格之另一分歧處，在四聲的辨與不辨之間亦能明曉各個詞家辨音之能力、辨音之態度，並其在字聲上所呈現的音聲風格。較諸東坡詞及稼軒詞，柳、周詞在四聲上的調配立見婉密複麗之風格特色。

三、蘇、辛詞於四聲安排上的疏朗隨意

　　概括而言，平聲所占的時間大體上比仄聲長一倍，〔註37〕因此平聲不僅長而且平直，具有高揚、綿長之特色；仄聲則短促而不平，具有低沉而收斂之特點。〔註38〕即如前文所云，一句之中得平仄二聲相互錯出才能產生抑揚之美，而在平仄之中若能再細心安頓四聲則能將聲調的長短緩急調配至與樂譜最爲相諧相合之境，達到鏗鏘曼妙的美聽效果，故夏承燾方有「『上去』、『去上』連用，乃有纍纍貫珠之妙」之言。若一句之中平聲過多，或仄聲過多，甚而連兩上、連兩去，則不免「拗嗓棘口」（夏承燾語），有損於聲吻之諧美。檢索《東坡樂府》與《稼軒長短句》中詞作結句之四聲，我們不難發現：歷來被目之爲「豪放派」的詞人，在字聲的安排與態度上與被稱之爲「婉約派」或

〔註37〕參見王力《漢語詩律學》，《王力文集‧十四卷》，頁89。
〔註38〕參見成偉鈞、唐仲揚、向宏業主編，《修辭通鑒》（北京：中國青年，1992），頁25。

「格律派」的柳、周有著頗大的差異，二者之別試分列如下。〔註39〕

1、四字句中只辨陰陽或僅分上去者

（1）只辨陰陽者

東坡：

　　<u>早已回春</u>／<u>吹綻梅英</u>（浪淘沙）

　　<u>桓伊去後</u>（水龍吟）

　　<u>煙鬟未上</u>（雙荷葉）

　　<u>似鬥嬋娟</u>（訴衷情「小蓮初上琵琶」）

　　<u>帶換韓香</u>（意難忘「花擁駕房」）

稼軒：

　　<u>片帆西去</u>（念奴嬌「我來弔古」）

　　<u>坐中豪氣</u>（念奴嬌「晚風吹雨」）

　　<u>翠屏幽夢</u>（新荷葉「人已歸來」）

　　<u>下自成蹊</u>（一剪梅「獨立蒼茫醉不歸」）

　　<u>五湖西子</u>（摸魚兒「望飛來半空鷗鷺」）

　　<u>夜半纔收</u>（八聲甘州「把江山好處付公來」）

　　<u>天顏有喜</u>（滿庭芳「柳外尋春」）

　　<u>只有方回</u>（沁園春「佇立瀟湘」）

　　<u>洗雨烘晴</u>／<u>萬恨千情</u>（醜奴兒「煙蕪露麥荒池柳」）

（2）只辨上去或去入者：

〔註39〕以今日的四聲觀念去逆推當時的四聲調値自然會有所誤差，無法達致百分之百的準確性，但由於「古代的平聲變成現代國語的第一聲和第二聲（陰平和陽平），古代的上聲變成現代的上聲（大部份）和去聲（小部分），古代的去聲變成現代的去聲。」（呂正惠，《詩詞格律淺說》，頁14）因此，在分辨陰平與陽平上問題不大，最關鍵處乃在於去聲的判準上。今之去聲，在當時可能讀爲上聲，是故「連兩去」的判斷，有可能失去其準確性而產生某種程度的偏差。然而，因古之上聲轉爲今之去聲者，只佔了一小部分，所以其中的誤差亦不致於升高到足以推翻所有的判斷；此外，「連兩上」的判準依然有效，所以詞人大量的連用兩個上聲或兩個去聲的情況，自詞作中仍是可以尋得一些蛛絲馬跡的。

東坡：

往事<u>千端</u> (沁園春)

<u>天香染袂</u>，爲我<u>留連</u>／付與<u>明年</u> (雨中花慢)

作<u>霜天曉</u> (水龍吟「楚山修竹如雲」)

也<u>參差</u>是 (水龍吟「小舟橫截春江」)

約<u>相將</u>去 (水龍吟「古來雲海茫茫」)

此<u>懷難</u>寄 (水龍吟「小溝東接長江」)

有<u>盈盈</u>淚 (水龍吟「露寒煙冷蒹葭老」)

爲我<u>沾衣</u> (八聲甘州「有情風萬里卷潮來」)

一夜<u>風霜</u> (雨中花慢「嫩臉羞蛾因甚」)

<u>晚來情</u>味 (哨遍「睡起畫堂」)

稼軒：

<u>南雲雁</u>少 (新荷葉「人已歸來」)

一片<u>閒愁</u> (一剪梅「獨立蒼茫醉不歸」)

此意<u>徘徊</u> (沁園春「三徑初成」)

醉裏<u>匆匆</u> (江神子「一川松竹任橫斜」)

獨倚<u>危樓</u> (醜奴兒「此生自斷天休問」)

落梅<u>如許</u> (點絳脣「隱隱輕雷」)

北窗<u>高臥</u> (念奴嬌「近來何處」)

<u>天香染</u>露 (念奴嬌「對花何似」)

定<u>重來</u>否 (洞仙歌「飛流萬壑」)

歲晚<u>田園</u> (八聲甘州「故將軍飲罷夜歸來」)

除是<u>寧王</u> (占春芳「紅杏了」)

這些例證之中尤其值得一提的是：〈水龍吟〉下片結句處，定格作「仄平平仄」，東坡五首作品中，雖未逆反格式之規定而至於「落腔」，但是細部的四聲平仄卻無一相同者，其各爲：

「去陰陰上」──「作霜天曉」

「上陰陰去」──「也參差是」

「入陰陰去」──「約相將去」

「去陽陽去」──「是離人淚」

「上陽陽去」──「此懷難寄」

此五項的共同處在於平聲之字皆未細分陰陽，這種現象無非印證了東坡填詞乃「非心醉於音律者，偶爾作歌，指出向上一路，新天下耳目」（王灼《碧雞漫志》），意在尾隨情事懷抱而走，無暇顧及甚或本來即不願意孜孜細究律格之外的音樂聲響，以免阻礙行文之暢達與詞作之內容志意。是以五首作品中不但未曾出現四聲相轉的情狀，就連重複之現象亦未能得見。職以此故，在字聲的安排上，我們照見了東坡另外一番的疏闊與灑落。比觀稼軒十三首〈水龍吟〉的結句，平分陰陽、仄辨上去之處有四，四者的四聲安排皆異，分別為：

「去陽陰入」──「又何嗟及」

「上陽陰去」──「把平生笑」

「去陰陽去」──「搵英雄淚」

「去陽陰上」──「甚黃鍾啞」

由此四個例作來看，我們不難獲知稼軒對於四聲的搭配之理有基本的認識與了解，在創作上亦曾作具體之實踐，但若再一併考量其中作七、三、三（定格為五、四、四）──「恨當年、九老圖中，忘卻畫，盤園路」與「去陰陽陰」──「樂簞瓢些」──脫格之例句，以及其他不辨陰陽上去或僅辨其一者如：「去陰陰去」──「伴莊椿壽」、「為先生壽」；「上陰陰去」──「把花枝問」；「去陰陰上」──「是開山祖」、「為蒼生起」；「去陽陽上」──「繫斜陽纜」、「問何如啞」，便能知曉稼軒填詞亦不甚在意音律上的嚴整洽諧。此非稼軒不熟悉音聲之理，只是不以其為創作最高之律則，稼軒於此所展露的疏朗態度與東坡是相近的。

2、多字句之仄聲重出或不辨陰陽之例

（1）只辨陰陽而仄聲重出之例：

東坡：

記<u>得</u>歌時<u>不</u>記歸時<u>節</u>（醉落魄）──去聲與入聲重出

斜<u>日</u>映繡簾斑（江城子）──同上

墮淚羊公卻姓楊（南鄉子・和楊元素時移守密州）——同
上

寒藻舞淪漪（臨江仙）——上聲重出，且連用

飛絮送行舟（昭君怨）——去聲重出，且連用

稼軒：

舊遊飛燕能説（念奴嬌「野棠花落」）——去聲重出

催賜尚方舞（滿庭芳「柳外尋春」）——去聲連用

何地置衰頹（水調歌頭「官事未易了」）——同上

便是人間要路津（鷓鴣天「別恨粧成白髮新」）——去聲重出，且
連用

飛鴻字字愁（菩薩蠻「西風都是行人恨」）——去聲連用

道吏部文章泰山（太常引「君王著意履聲間」）——同上

（2）不細辨陰陽且仄聲重出之例：

東坡：

迎客西來送客行（南鄉子・送述古）——去聲重出、平聲
皆陽

更問新官向舊官啼（訴衷情）——去聲重出，且中間平聲
未辨陰陽

樂事回頭一笑空（采桑子）——同上

西望峨嵋長羨歸飛鶴（醉落魄）——同上

共伊到明無寐（永遇樂）——同上

盡是劉郎去後栽（南鄉子・席上勸李公擇酒）——同上

須信道司空自來見慣（殢人嬌・小王都尉席上贈侍人）——
—同上

如今秋鬢數莖霜（浣溪沙）——去聲重出，且前後平聲未
辨陰陽

坐望斷樓中遠山歸路（殢人嬌・戲邦直）——去聲重出，
且後處平聲未辨陰陽

應須分外含情（河滿子）——同上

稼軒：

宜顰宜笑越精神（浣溪沙「儂是嶔崎可笑人」）——去聲連

−46−

用，且前處平聲未辨陰陽

願年年人似舊游（聲聲慢「征埃成陣」）——去聲重出連用，
且平聲皆陽

翠袖盈盈在眼前（南鄉子「欹枕艣聲邊」）——同上

千情萬意無時已（蝶戀花「何物能令公怒喜」）——去聲重
出連用，且中間處平聲皆陽

人道是清光更多（太常引「一輪秋影轉金波」）——去聲重
出連用，且中間處平聲皆陰

立盡西風雁不來（減字木蘭花「盈盈淚眼」）——同上

夢斷東風輦路塵（鷓鴣天「別恨粧成白髮新」）——同上

又待今宵滴夢魂（鷓鴣天「一片歸心擬亂雲」）——同上

銀鉤未見心先醉（蝶戀花「何物能令公怒喜」）——同上

腰肢近日和他瘦（蝶戀花「點檢笙歌多釀酒」）——去聲重
出連用，且句首處平聲皆陰

一聲誰噴霜竹（念奴嬌「我來弔古」）——入聲重出，且四
五字之平聲未辨陰陽

斷腸桃葉消息（念奴嬌「晚風吹雨」）——入聲重出，且二
三字之平聲未辨陰陽

（3）三仄遞用或二仄遞用，然不辨陰陽者：

東坡：

欲問再來何歲應有華髮（泛金船）

秋雨晴時淚不晴（南鄉子）

讀盡床頭幾卷書（南鄉子・和楊元素）

蹋散芳英落酒卮（南鄉子・梅花詞和楊元素）

帕首腰刀是丈夫（南鄉子）

此事如何著得儂（減字木蘭花）

應須分外含情（河滿子）

匆匆歸去時（菩薩蠻）

舉手謝時人欲去（鵲橋仙）

良夜清風月滿湖（減字木蘭花）

斜照江天一抹紅（采桑子）

更請宮高奏獨彈（減字木蘭花）

更無一點塵隨馬／昏昏雪意雲垂野（蝶戀花・密州上元）

知孤負秋多少（水龍吟）

清詩未了冰生硯（蝶戀花・微雪客有善吹笛擊鼓者方醉中有人送
苦寒詩求和遂以此答之）

稼軒：

剩摘天星幾箇（西江月「秀骨青松不老」）

重來松竹意徘徊（浣溪沙「梅子生時到幾回」）

和月載離愁（水調歌頭「落日古城角」）

千里落花風（水調歌頭「我飲不須勸」）

不管人愁獨自圓（南鄉子「欹枕艣聲邊」）

選甚風波一任（西江月「千丈懸崖削翠」）

壽君雙玉甌（破陣子「擲地劉郎玉斗」）

竹馬綺羅群（臨江仙「住世都知菩薩行」）

急羽且飛觴（水調歌頭「折盡武昌柳」）

須刻右軍碑（滿庭芳「急管哀絃」）

種花花已開（菩薩蠻「稼軒日向兒童説」）

庾嶺逢梅寂寞濱（鷓鴣天「別恨粧成白髮新」）

嘗試與偕來／楊柳更須栽（水調歌頭「帶湖吾甚愛」）

霖雨要渠來（水調歌頭「寄我五雲字」）

丘何爲是栖栖者（踏莎行「進退存亡」）

煙波萬頃春江艣（蝶戀花「淚眼送君傾似雨」）

二人詞中，四字句之仄辨上去、平分陰陽，多字句之二仄或三仄
遞用、平分陰陽者亦有，如東坡詞之四字句句例「但遠山長」（行香子）、
「且鬥尊前」（沁園春）、「月墮更闌」（減字木蘭花）、「蠻風障雨」（水
龍吟）；五字句如「回首送春拚一醉」（蝶戀花）、「不用許飛瓊」（菩薩
蠻）、「不知來歲與誰看」（浣溪沙・自杭移密守席上別楊元素時重陽前
一日）、「猶作殷勤別」／「圖得見時説」（醉落魄）、「長安遠似天」（菩
薩蠻）、「千里共嬋娟」（水調歌頭）。稼軒詞四字句如「小窗人靜」／
「停杯對影」（新荷葉「春色如愁」）、「玉京迎駕」（洞仙歌「江頭父老」）、

「搵雄淚」（水龍吟「楚天千里清秋」）、「玉殿東頭」（八聲甘州「把江山好處付公來」）、「青虯快剪」（滿庭芳「急管哀絃」）；多字句如「覺來水繞山圍」（新荷葉「人已歸來」）、「更乞鑑湖東」（水調歌頭「我飲不須勸」）、「莫放離歌入管絃」（鷓鴣天「聚散匆匆不偶然」）、「莫射南山虎」（水調歌頭「落日塞塵起」）、「倚杖讀韓碑」（滿庭芳「柳外尋春」）、「不堪帶減腰圍」（木蘭花慢「漢中開漢業」）等。二人合於四聲相轉之理的詞例雖然亦不在少數，但一句中疊用數個入聲、去聲或平聲不辨陰陽的例句更多。以四字句而言，不細辨四聲的情形較多字句為少，約只占詞作結句之半數，但多字句之未能兼顧四聲遞用的詞例，則占了全集結句的百分之七十以上，結句如此，則詞首、詞中的平仄狀況亦可推見。此種現象只要針對二人詞集稍作一番流覽檢索即能知悉。此外，稼軒尤喜以入聲字入詞，又且入聲疊用的情況頗多，如「白髮歸耕」（沁園春「一水西來」）、「綠竹緣坡」（沁園春「有酒忘杯」）與「白髮寧有種」（水調歌頭「白日射金闕」）、「直覓富民侯」（水調歌頭「落日塞塵起」）、「白髮還自笑」（水調歌頭「官事未易了」）。入聲字一多，其間的音聲將更加短促，若再加上一句之間，仄聲字多於平聲字，則平聲所蘊含之綿長、高平的音聲特徵將隱匿不彰，愈顯低沉、收斂的聲情特色正令詞人得以藉此舒發抑鬱不平之情緒。

四、小　結

　　自溫庭筠、晏殊以來，由辨明平仄至於細辨去聲，詞人不斷地嘗試將字音之四聲搭配精密化、規律化，就此演變來看，我們已稍能預知字聲的線條起伏，有漸變柔美流易的趨勢。但由於晏殊之辨去聲，基本上仍僅守著以二音節為基本單位，作平仄相間錯出的詩律原則，所以字聲波線的變化仍未開展出詞體所特有的聲律風格。直至慢詞出現以及柳永、周邦彥的嚴辨入聲、四聲遞用與各色別出心裁的字聲設計，我們便可以明確的區別詩詞在字聲上的歧異，已由詞體句式的長短不一及配樂而唱的音樂背景，別分為兩兩相對之平衡均齊與失去固

定間距、奇偶相參之二種截然不同的形式結構。由於詞句字聲的抑揚狀態呈現或急或緩的現象，而柳、周二人尤精於辨析四聲，因此，只要觀察依二人詞例所繪出的聲圖線條，我們便能於聲吻喉舌的吟誦之外，進一步透過視覺窮見音聲的曲折宛麗之美。與蘇、辛二人相比，由於蘇、辛二人於字聲安排上的疏闊傾向，更清楚地襯托出了柳、周二人之於字聲上精審而縝密的創作態度與作品風格，此中，清眞詞於四聲變化上所透顯的繁複與工巧非僅爲蘇、辛所不能望其項背，即連柳詞亦無法企及其間變化之極致，故王國維於《清眞先生遺事》一文中不免要指出：

> 故先生之詞，文字之外，須兼味其音律。……。今其聲雖亡（指樂譜），讀其詞者，猶覺拗怒之中，自饒和婉。曼聲促節，繁會相宣；清濁抑揚，轆轆交往。兩宋之間，一人而已。〔註40〕

第三節　詞韻的分合變化與清眞之偏好

一、詩韻與詞韻安排方式之異同

　　就詞而論，平仄的循環往復是詞句內的節奏韻律，雖能使詩歌的音律聲響婉轉動聽，但最初設計之目的在於使詩歌富於抑揚起伏的變化，隨樂音而流蕩盤旋，因此，實無法全面擔負詩歌中主要節奏與韻律之接續與重覆的工作。雖然主旋律的再現即可有效的串連起其他次旋律及變奏的節拍，組織成一首結構完整的作品，但就配樂的文辭而言，音樂上主要旋律的組構功能並無法等質而同量的轉化於文字之中，徒賴句式的長短及音調的跌宕再現之，故而維繫一首詞作的主要節奏仍有待於韻字的反覆出現。又且就詩歌的歷史起源而論，維持詩歌語言韻律的進行，最早被確定下來的律格是隔句一押的押韻現象，

〔註40〕參見王國維著、周錫山編校，《王國維文學美學論著集》（吉林：北岳文藝，1985），頁427。

而非句內的平仄音調，所以欲分別文體風格之差異，不能不考慮隨體式而異之押韻方式上的殊異，即令判分作家之風格，亦不能只論平仄，而忽略其在韻格選用上所呈現的特殊趨向。

所謂的協韻即是指每隔一段短時間便規則的出現某一種聲音，形成節奏——一種比雙音節要大上許多倍的節奏。詩不論古體近體，一般以兩句爲一韻，換言之，即以兩句做爲節奏循環之基本單位。雖然中晚唐以至於宋代，詩人已開首句入韻之風氣，但是此種作法，一來即只僅於一種風尚，未必有改變節奏之企圖及自覺；二則，以韻格而言，亦不算在韻數之內，本爲多餘之作法，因，兩句一押，仍爲詩的基本格式。但詞的押韻原則受到應須合樂的限制而與詩大不相同：就音樂原理而論：押韻的節奏大抵以「均」爲單位，但並不是一均之中只有一個地方押韻，替換成現代音樂理論來說，一均大抵是指一個大樂句，其中包含兩個小樂句（phrase）；每個小樂句又包含兩個母題（motive）（一均有時是一個小樂句，含兩個母題；母題或可再分爲部分母題）。押韻時可以以母題爲單位、也可用小樂句爲單位，亦可以用大樂句作爲基本單位，然後在每一單位之末押韻。如果就語言文字本身來說，大抵是在一個意義完整的大句子末押韻，或在分句末、甚至在每一話語停頓處押韻。〔註41〕因此，詞除了有隔句押韻的情況外，還出現了韻位或疏或密、或疏密相間等複雜的押韻方式：韻密者幾乎一句一韻；韻疏者，有六句一韻的。詞的押韻方式，又隨調式之異而異，每個詞調各不相同，慢詞通常爲八韻，小令則大抵爲三韻或四韻。〔註42〕

其次，近體詩只押平聲韻，少有押仄韻的現象，並且無論絕句、律詩、排律，皆必須一韻到底，不能換韻；詞則大抵有押平、押仄、平仄互押、三聲通押、入聲獨押以及中間轉韻等多種方式，因此詞韻書籍的編排方式，亦隨詞作押韻方式的特殊而與詩韻、曲韻有所不

〔註41〕參見徐信義著，《詞譜格律原論》，頁122。
〔註42〕參見吳熊和著，《唐宋詞通論》（浙江：古籍出版社，1989），頁58-59。

同。詞韻自清弋載著《詞林正韻》以來，編排之體例大抵皆是一併縮合了平上去三聲以分門立部，而一部之中又標明平仄之別，至於入聲，因不與平上去統押，所以另立部門，與北曲曲韻之將入聲分配於三聲中外，不再專立韻目有所不同。〔註43〕

至於詞作押韻方式的詳目，各家論述多有不同，如王力及夏承燾論詞韻，皆分十一類依次進行討論，但二人所言之十一類，名目不一。謝雲飛分爲九類、徐信義則以「均」作爲單位，分「單韻部」與「多韻部」加以敘述。〔註44〕各家分類中，以龍沐勛所分之五類：平韻格、仄韻格、平仄轉換格、平仄通協格、平仄錯協格，較爲言簡易賅、綱目分明，亦較便於作統計的工作，所以本文所論及的押韻方式，皆以龍氏所劃分的五項韻格作爲分析的基礎。

二、各種押韻方式所展現的聲情效果與各家詞人之偏好

曾永義於〈中國詩歌中的語言旋律〉一文中，認爲韻協對於詩詞曲語言旋律的影響可以從四個方面加以觀察，其中由於「韻腳的聲調」一項與押韻的方式相關，而詞中押韻方式之不同又包含著韻部間的轉換，因二者之間有一交叉關係，所以此處將二者合併爲一項以作綜合之討論：

（一）自聲調與轉韻論各家詞作之風格

1、韻腳的聲調、韻部的轉變與聲情之關係：

曾氏之文首先從聲調的角度立論，以詩詞押韻方式之不同，將其別分爲兩種情形：一是四聲分押，二是平仄通押。四聲分押時，各色聲調的情韻自然與四聲的特質關係密切，其於文中言：

> 大抵押平聲韻的聲情較爲平舒，押上聲韻的聲情較爲抑揚，

〔註43〕並見王力著，《漢語詩律學》（台灣：商務印書館，1972），第一章、第一節〈近體詩的用韻〉；吳梅著，《詞學通論》第三章〈論韻〉；吳熊和《唐宋詞通論》，第二章、第二節〈依詞腔押韻〉。
〔註44〕各家分類詳目總見徐信義著，《詞譜格律原論》，頁123。

押去聲韻的聲情較爲清切，押入聲韻的聲情較爲遒峭。〔註45〕

文後並列舉王維絕句中別押平上去入四聲韻的作品，以明其間旋律上的差異。仇兆鰲於《杜詩詳注》卷八，亦曾認爲杜詩「入蜀諸章用仄韻居多」是「不能爲平緩之調」；〔註46〕龍沐勛在《唐宋詞格律》一書之〈祝英臺近〉一調下則指出：

此調宛轉悽抑，猶可想見舊曲遺音。七十七字，前片三仄韻，後片四仄韻。忌用入聲部韻。〔註47〕

此調「宛轉悽抑」的聲情與調式乃源於民間流傳歌曲，本在述說梁山伯與祝英臺至死方相聚守的愛情悲劇息息相關，而非決定於仄聲韻的使用與否，但是，由於使用了激屬不平的仄聲韻，其悲淒難掩的情節張力彷如適時的尋得了抒發的渲洩口，頗收相得益彰之效用。因此，協韻不僅只在收束詩篇中易於散漫的音聲、促使節奏規律化，亦在某個程度上反映了詞人心中或是激昂或是平和的情緒狀態。

綜觀三人之說法，各色聲調的韻情特質猶未能充分的被加以界定或指陳，能底定者，唯是仄聲韻乃呈現了淒抑不平的情調。但仄聲韻中包括了上、去、入三聲，曾氏則以上聲韻抑揚、去聲韻清切、入聲韻遒峭，擘分雖細，然而詞體押韻方式之異於近體詩歌處，實乃不僅止於平仄通押一項。就仄聲韻來說，入聲韻需得獨押，不能與其他三聲相混，故於詞韻韻書中，入聲韻即首先自仄聲韻中被區隔出來，獨立成部，上聲韻與去聲韻則合併於一部之中，可以互押，是故上去韻與入聲韻的情調特徵應作適度的區別，反觀上、去韻，其聲情特質則當合而論之。能掌握詞韻押韻方式之特殊並恰當的作聲情上之連結者，唯見王易之《中國詞曲史》，其於〈構律〉一篇中指出：

韻與文情關係至切：平韻和暢、上去韻纏綿、入韻迫切，

〔註45〕參見曾永義，〈中國詩歌中的語言旋律〉，收入氏著，《詩歌與戲曲》（台北：聯經出版社，1988），頁11。

〔註46〕參見〔唐〕杜甫著、〔清〕仇兆鰲注，《杜詩詳注》（台北：里仁書局，1980），冊二，頁679。

〔註47〕參見龍沐勛著，《唐宋詞格律》，頁99、100。

此四聲之別也。〔註48〕

其次，詞的押韻方式，除了四聲獨押之外，上文亦曾提及平仄通押的式則，凡為韻腳處，何者該用平聲，何者該用仄聲皆不能隨意而為，不同的詞牌有不同的定矩。雖然此種規定稍嫌繁複瑣碎，但由於平仄的界限被打破，韻部的範圍無形中加寬了不少，詞人的選擇相對的增多，在節奏的抑揚變化上，較四聲獨押更具轉遞錯落之美。平仄通押大抵是指同用一個韻部中的字，只換平仄，不換韻部，但是還有兩種押韻的方式是涉及轉換韻的。轉韻的特質，歷來詩歌評論家亦多曾論及，例如葛兆光於《漢字的魔方》中說：

> 從效果上看，轉韻能夠使歌節奏有所變化，一韻到底的悠長的語音旋律被截成數小節旋律，就形成相對急促的發展。〔註49〕

轉韻不一定指平仄韻的互相轉用，可能只是平轉平或仄轉仄，僅止於韻部有所轉變，而韻聲仍維持原來的上聲或是平聲，然而，通轉及錯協卻包含於轉韻之下，屬於另一種方式的轉韻，因此，其在語言旋律上亦將呈現相對急促的發展，而有異於一韻到低的節奏與聲情。此種平仄錯轉的押韻方式所披露的各色聲情，龍沐勛於《唐宋詞格律》曾履次言及，例如在〈六州歌頭〉下云：

> 前後片各八平韻。又有於平韻外兼協仄韻者，或同部平仄互協，或平韻同部、仄韻隨時變換，並能增強激壯聲情，有繁絃急管、五音繁會之妙」

在〈菩薩蠻〉一調下說：

> 小令四十四字，前後片各兩仄韻，平仄遞轉，情調由緊促轉低沉，歷來名作最多。

在〈最高樓〉一調下則指出：

> 八十一字，前片四平韻，後片三平韻，過片錯協兩仄韻。體勢輕鬆流美，漸開元人散曲先河。〔註50〕

〔註48〕參見王易著，《中國詞曲史》（台北：洪氏出版社，1981），頁283。
〔註49〕參見葛兆光，《漢字的魔方》，頁107。
〔註50〕三段引文分見龍沐勛著，《唐宋詞格律》，頁59、160、184。

此則所稱述的「體勢」，當是指全調的聲律特徵不惟與韻腳的安排相涉，亦關乎全詞的平仄聲調與句式變化。由前文數則說明來看，轉韻所突顯的聲情大抵是急促緊縮，若非低抑、即是激昂的，要之，皆與舒緩平徐的聲情相異而相對。然而〈最高樓〉一詞，韻腳雖作了平仄錯協的變化，體勢卻何以依然呈現輕鬆流美的姿態？一則，平仄轉韻所呈現之緊湊的聲情特色，乃是相較於一韻到底的押韻方式而言，故其所展現的特質乃為相對性特質而非絕對性特質；又且受到其他聲律條件的影響，押韻方式所肇致的聲情特色僅止一端，自無法全面而具決定性。二則，〈最高樓〉一式，轉韻的位置只在過片處，上、下片之中，主要的韻腳依然為平韻，是而平聲韻綿長徐平的聲情特徵仍居於主導地位，所以在平聲韻多於仄聲韻的情況之下，再配合其他的聲律條件，此調之何以呈露輕鬆流美之態，而異於其他平仄轉換韻所特有的急促情調，便不難理解。

2、韻格的使用不僅揭示風格趨向，亦與文體觀念之認定密切相關

在論述各家選用韻格的偏嗜以及風格特質之前，不妨先看看具體的統計數字，試將各家使用韻格的情況列表如下：

△柳、蘇、周、辛四家韻格一覽表〔註51〕

	周邦彥《清真集》	柳永《樂章集》	蘇軾《東坡樂府》	辛棄疾《稼軒詞》
平韻格	63	58	145	273
仄韻格	118	137	92	253
平仄通協格	2	9	18	20
平仄轉換格	10	4	78	51
平仄錯協格	1	3	12	23

〔註51〕此表乃據民國八十二學年度，淡江中研所「詞學研究」一門課修課同學：高慈慧、廖美珍、齊秀玲、陳逸玫、連美惠等人共同完成之研究結果整理而成。

　　配合韻協的聲情特質一併觀之，在聲調上，柳、周猶好作「不得平緩」之仄韻調，而平韻調的數量只及仄韻調的一半，可見得和暢揚長的聲情特質，似乎俱非二人之所好；稼軒於平韻格、仄韻格上的創作，則數量相當，由此頗難印見其詞作風格與韻調風格之間的離合關係；而東坡之詞，情況卻與柳、周二人相異，詞作中平聲韻猶多，呈現了舒平綿長的風格傾向。

　　由東坡詞中清麗綿邈之作頗多的情況來看，似乎詞風走向與其喜好填作平聲韻之調式的現象前後呼應，但若要僅就作品風格之考量論斷此爲其善選平聲韻調式的唯一原因，則又不免失之武斷。實則，與其只從「平緩」、「峭折」等風格之取決的角度出發，以論各家選用韻格的動機，不如一併結合詞家對於詩、詞文學體式的思考，以其或作大範圍的突破、或是小幅調整舊有模式、舊有風格的自覺意識上作綜合的考慮，方可能合理的解釋柳、周二人與蘇、辛二人在詞韻韻格之選擇上所呈現的殊異性。

　　就詞史的發展而言，早期的詞多爲平韻之調，後期，則仄韻之調漸多於平韻之調，此間之轉變及原因，王力於《漢語詩律學》中有頗爲清晰扼要之說明：

> 唐五代因由詩變詞未久，所以平韻多於仄韻；及至宋朝以后，漸漸地，仄韻多於平韻。統計起來，就顯得仄韻詞較多了。〔註52〕

　　由此觀之，已屆北宋中期的東坡，作詞猶好押平聲之韻，乃或多或少的印證了陳師道於《後山詩話》中所說的「子瞻以詩爲詞」，〔註53〕以及王灼於《碧雞漫志》中所說的：

> 東坡先生以文章餘事作詩，溢而作詞曲，高處出神入天，平處尚臨鏡笑春，不顧儕輩，或曰，長短句中詩也。……

〔註52〕參見王力著，《漢語詩律學》，《王力文集》第十四卷，頁693。
〔註53〕參見〔清〕何文煥輯，《中國歷代詩話》（北京：中華書局，1992），頁309。

〔註54〕

　　其好塡平聲韻之調正與其「以詩入詞」之作法以及以餘事塡詞之
創作態度相關，是則東坡於韻式上離詞之通格遠，而清眞之善塡仄聲
韻之調式則合乎且助成了詞史發展之通性及慣例。

　　此外，尤有一點值得注意的是，詞牌中平仄韻轉換、通押、錯協
的調子，三者加起來之數量仍不及平仄獨押調式的十分之一，〔註55〕
而在有限的詞牌中，蘇辛尙有將近百首的作品，不得不令人特別留意。
如果從體例上來看，《唐宋詞格律》一書中歸入「平仄韻轉換格」及「平
仄韻錯協格」的詞牌，除了〈定風波〉有仄韻長調之別格及〈最高樓〉
亦爲長調之外，其他調子諸如〈相見歡〉、〈訴衷情〉、〈虞美人〉、〈清
平樂〉、〈南鄉子〉、〈菩薩蠻〉等作均爲小令，在句式上、字數上，各
調的體式與近體詩是相近的，差別大抵只在協韻的方式以及部分地攙
入一些三言句或四言句，致令字數、形式稍微呈現長短不均的現象。
此種較長詞更近於近體詩體例的小令，對東坡及稼軒等好以詩爲詞、
有意拓寬詞體界域的作家來說，是更要駕輕就熟及樂於創作的，亦且
古體詩即可轉韻；又唐以後，七言及雜言詩猶多轉韻之作，〔註56〕此
種現象更加提供了蘇、辛或僅只是單純的慣性創作，或有意識的融合
各體之創作經驗爲一的有利條件。

　　雖蘇、辛喜作平仄轉韻之調，可能基於文學體裁之選擇及文學

〔註54〕　參見〔宋〕王灼，《碧雞漫志》，唐圭璋編《詞話叢編》第一冊，頁83。
〔註55〕　據龍沐勛《唐宋詞格律》所收之詞牌觀之，平仄獨押與平仄通押之
　　　　調數的比例，約爲127／26，雖然是書所收之詞牌非爲全數，但可視
　　　　爲抽樣之統計成果，與實際比例應不致於相差太遠。
〔註56〕　王力於《漢語詩律學》中指出：
　　　　「唐詩的轉韻，可大別爲兩種：第一種是隨便換韻，像古詩一樣，
　　　　第二種是在換韻的距離上和韻腳的聲調上都有講究」（《王力文集》
　　　　第十四卷，頁426）。
　　　　「典型的新式古風須具備三個條件：（一）平仄多數入律；（二）四
　　　　句一換韻；（三）平仄韻遞用」（同上，頁430）
　　　　「轉韻詩在唐以前很少，唐以後卻盛行；唐以後，五言轉韻也頗少，
　　　　七言及雜言轉韻最多」（同上，頁440）

創作觀念的實踐，但若從詞調的聲情來看，亦非全無任何可供以憑藉之處。以〈菩薩蠻〉一調爲例，東坡塡作了二十一首，稼軒則有二十二首之多，與柳永之缺塡、清眞僅有一闋的情況相比，不啻爲天壤之別。此調自李白首塡之後，歷來名作最多，李白之詞主要在藉蒼茫之景抒發遊子思鄉之情，韋莊之作則據以表現江南風物及遊子飄泊之感，二人之作品，題材雖稍有不同，但皆流露了抑鬱難抒、愁悶滿懷的詞情，此與調式聲情之緊促是互爲應和的。但自溫庭筠以之抒寫雍容舒懶之女子儀容、體態後，愛情於是成爲此調的另一色題材，李後主即以之描摹與小周后私會的旖旎風情，五代時期牛嶠、歐陽炯等作亦以寫女子體態、兒女相思爲主，調子的低沈風格遂褪隱於馨豔的主題之後。然而，此種兒女之情的題材所披露的詞風畢竟一來過於軟媚蕭弱，二來，或基於一般詞家隱約有所意識卻未曾明白指摘的潛藏性因素——馨軟的主題與詞調的基本情貌實然有所牴牾，因此一至宋代文人之手，士大夫在逐漸捐棄浮靡詞風，欲以詞作抒寫懷抱情志之際，張先雖仍敘兒女相思之情，但數首詞作中已有登樓遠望，以闊景寫愁情之作；晏幾道則以之繪寫哀怨的箏曲之聲；王安石藉以抒遣年光易逝及傷春、惜春之情；李清照二首作品中，一抒思鄉之愁，一寫輾轉難眠、追憶過往之苦；《樂章集》中則不見此調；而以詞風典麗著稱的周邦彥，其《清眞集》中僅有一首，該首雖寫兒女之情，但卻是以江樓眺望、大雪封枝的孤冷場景襯寫相思之愁，淒抑的情調近於李白、韋莊一路，而與溫庭筠、李後主及五代詞人所凝塑的溫馨風格相異。以其題材近於溫、李而傷抑的情調卻類於李白、韋莊之作來看，我們不得不揣想：熟諳樂情並有意令詞風深婉曲折的清眞，對於令詞的創作雖不熱衷，但一旦染指試作，卻也依然謹愼熟慮，故而能折衷地結合調式的基本情調及自花間詞人以來即所習常創作的主題，適度地調整了馨豔題材與詞調聲情之間的距離，使之統一相應，突出了緊抑低促的聲情與詞情風格。

　　對於〈菩薩蠻〉此調的原始風格，楊海明於《唐宋詞的風格學》一書中卻有不同的看法，書中指出：

> 自溫庭筠以〈菩薩蠻〉大寫女子的服飾、神情、容態以來，
> 此調素以寫「閨情」、「豔思」作爲自己的主要題材，因此
> 作風一向是偏軟的。

　　楊氏並列舉陳克的兩首作品爲例證，強化〈菩薩蠻〉一調「柔媚」的風格本質，而將蘇、辛變婉約爲剛健的風格歸於題材內容上的拓寬。〔註57〕就此調的歷史起源來看，楊氏之說只得其一隅，頗有見樹不見林之憾。〈菩薩蠻〉「平林漠漠煙如織」一詞是否爲李白之作雖有爭議，但此詞之時代或早在溫庭筠之前，或與其同時，則已得到學者共同之認可。〔註58〕再併合著韋莊之作觀之，則此詞的題材於源起之初，即有兩種發展進路，而就聲情與詞情的配合而言，淒抑之風格當應爲此調的基本情貌，故而「閨情」、「豔思」自花間諸人塡寫後，固然已成爲此調之主要題材，但以其表現淒涼、蕭瑟等情調低鬱的題材或許卻是更爲貼合的，此調之「作風偏軟」，實乃花間詞人之歧出。〔註59〕而蘇、辛之有二十數首〈菩薩蠻〉之作，且大抵作豪曠、愁惘、悲愴之語，原因果眞僅止於二人乃有意大刀闊斧的從事文學改革之工作以及出於性情之自然？或即本於對此調體式、作法之熟悉？若非此調提供了可藉以抒發胸中塊壘的

〔註57〕引文及例證參見楊海明著，《唐宋詞的風格學》（台北：木鐸出版社，1987），第十四章〈剛與柔〉，頁196。

〔註58〕葉慶炳《中國文學史》云：「（《北夢瑣言》）以菩薩蠻、憶秦娥二詞出溫庭筠手，恐未必然，因二詞與庭筠詞風不合，出於晚唐五代人之假託，大致屬實。」（下冊，頁3-4）；王易《詞曲史》則言：「此調（〈菩薩蠻〉）溫韋所作，最多而工，『平林漠漠』一首，與之氣體亦略近，則張冠李戴或所不免矣」，頁80。

〔註59〕清人劉熙載亦有類似之看法，其於《藝概》卷四〈詞曲概〉中指出：「太白憶秦娥，聲情悲壯，晚唐五代，惟趨婉麗，至東坡始能復古，後世論詞者，或轉以東坡爲變調，不知晚唐五代乃變調也。」唯劉熙載乃自詞作整體風格上立論，而未及其間之具體詞調以及文情與韻情之關係。語見唐圭璋編，《詞話叢編》第四冊，頁3690。

聲情條件，致令二人能隨手拈來便即得心應手，相信二人定將捨此
調而擇其他以進行創作。

　　由以上之統計與討論，我們不難得出如下的結論：東坡之詞在韻
式上廣爲試作和暢揚長的平聲韻，此不僅與其詞中時有綿麗韶秀的作
品互爲表裏、尤與其以塡詩之餘試作長短詞的創作習慣以及「以詩入
詞」的創作手法息息相關。另一方面，東坡與稼軒之所以好作轉韻之
調，亦不離文學創作習慣與創作手法之兩項背景，但自聲情上言，調
譜中凡隸屬於轉韻、上去通協之調式者，幾乎皆句句押韻〔註60〕——
平韻、仄韻隨時變換，再加上韻腳安置的緊密，致使此些調式之節奏
呈現迫促激昂的情調，蘇、辛豪壯曠放的詞情多數即喜藉用此類調式
透顯。〔註61〕

　　反觀柳、周二人之用韻，一較之蘇、辛，則立顯詞體「本色」。
若說廣押仄聲韻爲詞作格律發展上的後期現象，則柳、周的大量創作
即爲詞作的格律底定了一個異於其他文學體式之基本的大方向，此歷
史上的意義自不容抹滅。自風格上看，則不論是柳永或淒清或委靡、
清眞或典雅或軟媚的詞作風格主要皆透過纏綿、峭折的仄聲韻表現，
然而就整體內容之文情與韻式的聲情而言，周邦彥於二者之間作了較
爲平穩一致的結合。

（二）韻部的聲情特質與各家用韻的風格特徵：

1、韻部的聲情特質

　　「韻」包括了介音、元音、韻尾、聲調四個因素。伴隨韻之聲調
而繼有的各種聲情特質，已於上個單元中作過簡略的說明，此處所欲

〔註60〕以龍沐勛《唐宋詞格律》一書所列之詞牌爲例，除了平仄通協格之
　　　　〈渡江雲〉、〈曲玉管〉、〈啅遍〉三詞韻較疏外，其餘的調式，幾乎
　　　　句句押韻。

〔註61〕如辛棄疾的〈南鄉子〉「何處望神州」、〈菩薩蠻〉「鬱孤臺下清江水」、
　　　　〈清平樂〉「繞床饑鼠」；東坡之〈定風波〉「莫聽穿林柳葉聲」、〈虞
　　　　美人〉「湖山信是東南美」、〈昭君怨〉「誰作桓伊三弄」。

強調的是：在介音之有開合洪細、元音有前後高低、韻尾之有與無等各個因素的綜合影響下，不相類的各種韻字亦可以產生不同的情感色彩，因此，韻字的適當運用對於意象的強化及情趣的增進亦能有某種程度上的助益效用。

各種韻部的情感色彩與詞韻之選用需與全調之聲情相互配合的觀念，清人早已指出，周濟於《宋四家詞選目錄敘論》中即說：

> 東眞韻寬平，支先韻細膩，魚歌韻纏綿，蕭尤韻感慨，各具聲響，莫草草亂用。〔註62〕

況周頤在《蕙風詞話》中也指出：

> 作詠物詠事詞，須先選韻。選韻未審，雖有絕佳之意，恰合之典，欲用而不能。用其不必用，不甚合者以就韻，乃至涉尖新，近牽彊，損風格，其弊與彊和人韻者同。〔註63〕

而何種韻具何種聲情，歷來各詞評家的體會與說法頗有差異，所異之處已不僅止於情態分類上的粗與精以及韻目摘選上的詳與略。周濟之觀點已於上文中引述，該文論及四類韻目，並將其析分爲四種情感樣態；夏敬觀在《蕙風詞話詮評》中則將十四類韻目大別爲兩種聲情：

> 作詞選韻，須看是何律調。有宜用支脂韻、魚虞韻、佳皆韻、蕭宵韻、歌戈韻、佳麻韻、尤侯韻，有宜用東冬韻、江陽韻、眞諄韻、元寒韻、庚耕韻、侵韻、覃談韻者，二類之音響，有抑揚之別。宜抑者用前類，宜揚者用後類。……
> 〔註64〕

謝雲飛之〈韻語的選用和欣賞〉一文，則將情感樣態分得較爲細密些，其歸納出的類目分別爲：

> 一、凡「佳、咍」韻的韻語都有悲哀的情感
> 二、凡「微、灰」韻的韻語，都含有氣餒抑鬱的情思

〔註62〕參見唐圭璋編《詞話叢編》第二冊，頁1645。
〔註63〕參見唐圭璋編《詞話叢編》第五冊，頁4416。
〔註64〕參見唐圭璋編，《詞話叢編》第五冊，頁4596。

三、凡「蕭、肴、豪」韻的韻語都含有輕佻、妖嬈之意

四、凡「尤、侯」韻的韻語，都似乎含有著千般愁怨，無
　　法申訴的意沫

五、凡「寒、桓」韻的韻語，都含有黯然神傷，偷彈雙淚
　　的情愫，適用於獨自傷情的詩

六、凡「眞、文、魂」韻的韻語都含有苦悉、深沈、怨恨
　　的情調

七、凡「庚、青、蒸」韻的韻語都含有一種「淡淡的哀愁」，
　　似乎又有相當理智」的情愫

八、凡「魚、虞、模」韻的韻語都含有日暮途窮，極端失
　　意的情感〔註65〕

　　曾永義在論及韻腳的音質時，以詩詞曲三者之韻聲道理大抵相
通，故而以曲韻之聲情特質爲依準，綜論詩歌用韻的情調特徵。其所
掌握到的曲韻特質爲：

> ……大抵東鐘沈雄，江陽壯闊、車遮淒咽、寒山悲涼、先
> 天輕快、魚模舒徐、支思幽微、家麻放達、皆來瀟灑。……
>
> 〔註66〕

　　王易《中國詞曲史》〈構律〉一篇在論及四聲聲情之差異後，則
以三聲相承之法，於每一韻部間各拈提一平、一仄之韻目，併合討論
十九部詞韻之於情調上的殊別：

> 東董寬洪，江講爽朗，支紙縝密，魚語幽咽，佳蟹開展，
> 眞軫凝重，元阮清新，蕭篠飄灑，歌哿端莊，麻馬放縱，
> 庚梗振屬，尤有盤旋，侵寢沈靜，覃感蕭瑟，屋沃突兀，
> 覺藥活潑，質術急驟，勿月跳脫，合盍頓落，此韻部之別
> 也。此雖未必切定，然韻近者情亦相近，其大較可審辨得
> 之。〔註67〕

〔註65〕參見謝雲飛著，〈韻語的選用和欣賞〉，《文學與音律》（台北：東大
　　　圖書，1978），頁 61-63。

〔註66〕參見曾永義，〈中國詩歌中的語言旋律〉，收入氏著，《詩歌與戲曲》
　　　（台北：聯經，1988），頁 12。

〔註67〕參見王易著，《中國詞曲史》（台北：洪氏出版社，1981），頁 283。

　　五人對於韻部聲情的體會並不完全一致，如第六部的眞、文、元、軫韻，周濟認爲其所呈露的聲情色彩乃爲「寬平」；夏敬觀以之爲「揚」，看法與周濟相近；謝雲飛則異於二人，認爲它們傳達了「苦悶」、「深沈」的情緒；王易之體會則居於二者之間，以眞、軫韻展現了「凝重」的韻情。再如第四部的魚、虞、語韻，曾永義所依之元曲曲聲乃透顯了「舒徐」的情調，其他諸家則一反其說，夏敬觀以之爲「抑」、謝雲飛以其具有「日暮途窮，極端失意」的情意特質、王易認爲它們語帶「幽咽」之情，周濟之說乃與此二端不同，獨以「纏綿」標述之。除此二韻外，其他類似之相左、悖反的情況頗多，因篇幅所限，此處無暇一一列舉，但要進一步說明的是：其所以如此紛岐，乃因韻情之體會實無具體的檢視標準可供咨量，只能依賴各家之自由心證，因此人人皆可有獨到的體會，要謀得共識並非容易之事。面對如此繁雜紛紜之說法，若我們仍要舉其一端作爲本文討論的依據，那麼較爲客觀的作法便是綜合各家之觀點，以多數人之意見爲憑準並進行強弱程度上的調整。

　　其次，除了王易之外，其他四人所拈出的韻目，之所以以平聲韻的韻目爲主而不及仄聲韻，往往並非意味著各人因意識到平、上、去相承之韻由於聲調的不同，同韻部之間的韻字亦會產生不同的聲情特質，而亟欲進一步予以區分，而是歷來論及此項問題者，其關注的焦點只凝結在不同韻部之間的情態差異，無暇針對其間的聲調特徵做更進一步的釐析劃分；再加上歷來韻書的編排方式，率常爲四聲相承之法，爲了說明上的精簡，是以歷來論及韻部聲情的評論家往往只提稱平聲韻之韻目以概括其他的仄聲韻目。雖則平聲韻與仄聲韻的聲情特質實然有別，但因韻與調乃屬不同的語音構成成分，分而論之亦不至於失之乖謬，因此本節仍因襲各家闡述之次第，將韻與調區分開來，不擬作交叉疊合的分析與說明。此外，在討論柳、周等各詞家所及韻部之風格特質前，對於韻部的擘分乃依龍沐勛《唐宋詞格律》之分部及王易《中國詞曲史》所稱舉之韻目，

依序將前述各家所論之韻類情態重新整理如下。

△韻類特質一覽表

各家說法 韻部及 韻目	周濟	夏敬觀	謝雲飛	曾永義	王易
一部（東董）	寬平	揚		沈雄	寬洪
二部（江講）		揚		壯闊	爽朗
三部（支紙）	細膩	抑	氣餒抑鬱	幽微	縝密
四部（魚語）	纏綿	抑	日暮途窮極端失意	舒徐	幽咽
五部（佳蟹）		抑	悲哀	瀟灑〔註68〕	開展
六部（眞軫）	寬平	揚	苦悶、深沈、怨恨		凝重
七部（元阮）	細膩	揚	獨自傷情	「寒山」悲涼 「先天」輕快	清新
八部（蕭篠）	感慨	抑	輕佻妖嬈		飄灑
九部（歌哿）	纏綿	抑			端莊
十部（麻馬）		抑		「車遮」淒咽 「家麻」放達〔註69〕	放縱
十一部（庚梗）		揚	淡淡的哀愁間存著理性的成分		振屬

〔註68〕「皆」屬「佳韻」、「來」屬「灰韻」，故「瀟灑」之情調得歸入第五部韻之下。

〔註69〕「車」、「遮」同爲麻韻中之字，故將「淒咽」之聲情歸入「佳麻」一欄中。而屬「放達」之情調的「家」、「麻」韻，於詞韻中隸屬於第十部的麻韻，故與「淒咽」之聲情並列於同一欄中。雖曾氏已先曾言明詩詞曲韻有別，但其以三者之中的道理大抵相同，所以仍以之爲準繩以論詩詞曲之用韻與內容情調之間的關係。由「淒咽」與「放達」之間實有差別卻又不得不比並一處的情況來看，曲韻與詞韻之間確然有別，須得適時地區分開來。

十二部（尤有）	感慨	抑	憂愁、無法伸訴		盤旋
十三部（侵寢）		揚			沈靜
十四部（覃感）		揚			蕭瑟
十五部（屋沃）					突兀
十六部（覺藥）					活潑
十七部（質術）					急驟
十八部（勿月）					跳脫
十九部（合盍）					頓落

2、柳、周、蘇、辛四家在韻部選用上的異同

同樣的，在論述各家對於韻部的選用偏好以及由此所呈露出的風格特質之前，我們仍得先揭示具體的統計數字，俾能更加順當的進行接續而來之分析與說明，試將各家使用韻部的情況列表如下：

△柳、周、蘇、辛四家詞韻韻部一覽表〔註70〕

韻部及韻目　各家使用次數及比例	《清眞集》	《樂章集》	《東坡樂府》	《稼軒詞》
一部（東董）	5／3%	4／2%	16／5%	30／5%
二部（江講）	7／4%	10／5%	23／7%	24／4%
三部（支紙）	22／11%	35／17%	33／10%	76／12%
四部（魚語）	30／15%	30／14%	29／8%	64／10%
五部（佳蟹）	1／0%	4／2%	5／1%	3／0%
六部（眞軫）	7／4%	8／4%	17／5%	29／5%
七部（元阮）	17／9%	28／13%	43／12%	50／8%
八部（蕭篠）	15／8%	22／10%	8／2%	17／3%
九部（歌哿）	3／2%	5／2%	7／2%	14／2%
十部（麻馬）	5／3%	9／4%	11／3%	25／4%

〔註70〕除稼軒詞韻之部分為筆者獨立完成之外，其餘之參考資料同註51。

十一部（庚梗）	15／8%	7／3%	19／6%	23／4%
十二部（尤有）	20／10%	14／7%	17／5%	45／7%
十三部（侵寢）	1／0%	6／3%	1／0%	5／0%
十四部（覃感）	2／1%	1／0%	2／0%	3／0%
十五部（屋沃）	8／4%	1／0%	2／0%	11／2%
十六部（覺藥）	5／3%	5／2%	3／0%	13／2%
十七部（質術）	11／6%	7／3%	4／1%	25／4%
十八部（勿月）	4／2%	7／3%	10／3%	26／4%
十九部（合盍）	0／0%	0／0%	1／0%	0／0%

　　從上面的統計數字來看，周邦彥、柳永與辛棄疾對於韻部的選擇偏向較爲類近，三人尤好不帶鼻音韻尾的陰聲韻字，其押陰聲韻之作品各占全數的百分之六十四、百分六十四與百分之五十，不僅較一己作品中之陽聲韻比例（29％、30%、26%）高出甚多，亦比東坡之押陰聲韻的作品比例——百分之三十五要多上許多。

　　自大範圍的音聲特質來看，陰聲韻極具抑鬱的情調特徵，夏敬觀的分類即自陰陽之別著手，以大凡隸屬於陰聲韻者皆顯低抑的聲情，是而周、柳、辛三人的詞韻特質，整體來看，顯得較爲抑鬱、悲慨，柳詞之名作如〈曲玉管〉

> 隴首雲飛，江邊日晚，煙波滿目憑闌久。立望關河，蕭索千里清秋，忍凝眸？　　杳杳神京，盈盈仙子，別來錦字終難偶。斷雁無憑，冉冉飛下汀洲，思悠悠。　　暗想當初，有多少、幽歡佳會，豈知聚散難期，翻成雨恨雲愁。每登山臨水，惹起平生心事，一場消黯，永日無言，卻下層樓。

此詞寫登高望遠，思人懷鄉的悵惘情緒，故用憂愁低迴之「尤有」韻寫蕭颯盤結之情。而柳詞中其他名作如〈雨霖鈴〉「寒蟬淒切，對長亭晚，驟雨初歇」、〈八聲甘州〉「對瀟瀟暮雨灑江天，一番洗清秋」、〈夜半樂〉「凍雲黯淡天氣，扁舟一葉，乘興離江渚」、〈安公子〉「遠岸收殘雨，雨殘稍覺江天暮」皆押陰聲韻。

周詞之名作如〈瑞龍吟〉：

　章臺<u>路</u>，還見褪粉梅梢，試花桃<u>樹</u>。愔愔坊陌人家，定巢
　燕子，歸來舊<u>處</u>。　黯凝佇，因記箇人癡小，乍窺門<u>戶</u>。
　侵晨淺約宮黃，障風映袖，盈盈笑<u>語</u>。　前度劉郎重到，
　訪鄰尋里，同時歌舞。唯有舊家秋娘，聲價如<u>故</u>。吟牋賦
　筆，猶記燕臺<u>句</u>。知誰伴、名園露飲，東城閒<u>步</u>？事與孤
　<u>鴻去</u>。探春盡是，傷離意緒。官柳低金縷。歸騎晚、纖纖
　池塘飛<u>雨</u>。斷腸院落，一簾風絮。

　　此詞寫舊地重遊，但人事已非，昔日佳人不知何去的悵惘之情，
詞情綢繆淒黯，當與所用之纏綿幽咽的「魚虞」韻有關。其他名作如
〈蘭陵王〉「柳陰直，煙裏絲絲弄<u>碧</u>」、〈六醜〉「正單衣試酒，恨客裏、
光陰虛<u>擲</u>」、〈大酺〉「對宿煙收，春禽靜，飛雨時鳴高<u>屋</u>」多押陰聲
韻。

　　而辛詞之名作如〈水龍吟〉：

　楚天千里清秋，水隨天去秋無<u>際</u>。遙岑遠目，獻愁供恨，
　玉簪螺<u>髻</u>。落日樓頭，斷鴻聲裏，江南游<u>子</u>。把吳鉤看了，
　欄杆拍遍，無人會，登臨<u>意</u>。　休說鱸魚堪<u>鱠</u>！儘西風、
　季鷹歸<u>未</u>？求田問舍，怕應羞見，劉郎才<u>氣</u>。可惜流年，
　憂愁風雨，樹猶如<u>此</u>！倩何人喚取，紅巾翠袖，搵英雄<u>淚</u>？

　　這首詞寫作者登臨建康賞心亭，極目四望中，見到眼前的半壁江
山不禁勾帶起中原舊疆收復無日，而壯志未酬、年華流逝的悲憤之
情，聲情悲慨淒咽，而詞情之悲抑正用氣餒抑鬱的「支紙」韻與之佐
協。其他名作如〈滿江紅〉「過眼溪山，在都似、舊時曾<u>識</u>」、〈青玉
案〉「東風夜放花千樹，更吹落星如<u>雨</u>」、〈沁園春〉「三徑初成，鶴怨
猿驚，稼軒未<u>來</u>」、〈水調歌頭〉「帶湖吾甚愛，千丈翠奩<u>開</u>」亦多押
陰聲韻。

　　上引之詞例皆以低迴的陰聲韻寫感慨、幽咽之情。而東坡之陽聲
韻詞作的比例則偏高，整體聲情要較三人來得揚長朗亮。此與其在韻
式上廣爲試作和暢寬平的平聲韻適巧相互呼應，更進一步地突出了詞

集中寬洪聲情特質的大趨向。其名作如〈水調歌頭〉「明月幾時有？把酒問青天」、〈永遇樂〉「明月如霜，好風如水，清景無限」、〈定風波〉「莫聽穿林打葉聲，何妨吟嘯且徐行」、〈江城子〉之「十年生死兩茫茫！不思量，自難忘」與「老夫聊發少年狂。左牽黃，右擎蒼」皆押帶有鼻音韻尾的陽聲韻，不論悼亡思人或是敍寫一己之心境、氣慨，都蘊涵了一股清揚宏朗的特質。

此外，周邦彥與辛棄疾尤多入聲韻之詞作，其在詞集中的比例分別爲百分之十五與百分之十二，稼軒尙有甚多十七部與十八部同用的例子，若一併計入，則百分比亦可高達百分之十五左右，此與東坡之百分之四與柳永之百分之八的比例有頗大的差距。由此比例來看，迫峭不平、短促截藏的入聲聲情特質顯然並非柳、蘇二人在表現情事氣氛時所特別習於使用的，而周、辛二人之同好以此種聲情發抒情感，則二人詞集中的音響特質、文情風格在百異之中遂共顯了悲鬱的同一質素。換言之，即周、辛二人的詞風雖截然有別：前者透顯深婉柔美的典雅，後者有颯爽的英雄氣慨，詞作的主題內容與筆法在在皆大異其趣，但在情感表現上，二人皆時有不平傷抑之感慨，如何透過音聲形式呈現對於人事之感懷，則二人在韻部聲情的掌握體會上，謀得了交集與共識——在韻字的聲響特色上，皆呈露了不僅低鬱亦且迫促的風格特徵。東坡與柳永詞中亦多幽咽怨慕之情，但二人皆不好以入聲韻抒發情志，或是選用其他的陰聲韻字傳達（柳永除了入聲韻之外的陰聲韻字，比例爲百分之五十六，高居四人之冠），或如上所述，以轉韻的方式呈現，再或而尋求其他的聲音形式表現，要之，皆不慣以入聲韻宣泄情意。

從細處的韻部使用來看，四人共同之處乃在三部的「支紙」韻、四部的「魚語」韻與七部的「元阮」韻上皆有極高的使用率，但因各人喜好不同，則又有所偏重。清眞最喜用淒咽的「魚虞」韻，其次爲「支紙」韻、「元阮」韻；柳永與稼軒則最善用幽微抑鬱的「支紙」韻，其次爲「魚虞」韻、「阮元」韻；東坡一反眾家，喜用清新揚灑、帶有陽聲韻韻尾的「元阮」韻，其次方爲「支紙」韻、「魚虞」韻。

此種同中之異，配合著大範圍的各家韻情風格來看，適可確立起各家韻部特色的指標：周、柳、辛三家詞在深沈低鬱中顯纏綿幽微、或爾舒輕揚長之韻情，東坡則在清朗之中含怨斷之聲，背景與焦點適巧相反，而柳、周、辛三人之中，柳永所用韻部的韻情強度，較其他二人來得淺淡舒緩些。

柳詞韻情較周來得舒緩的情況，我們可以從另一些統計數字上的歧異得見：柳、周則在「蕭篠」韻及「尤有」韻上的使用頻率亦甚高。「蕭篠」韻的韻情，周濟與夏敬觀的體會一致，是「感慨」而「抑鬱」的，但夏雲飛與王易則認爲有「飄灑」、「輕佻」之狀。若綜合二組意見，以情感上的強度來看，「蕭篠」韻顯然並非極端失意之情緒；而「尤有」韻的韻情則雖有「盤旋」之體認（王易），但以周濟之「感慨」、謝雲飛之「憂愁、無法伸訴」的掌握而言，「尤有」韻的韻情要顯得強烈些，周則「尤有」韻的比例高、柳則「蕭篠」韻的比例高。

此外，清眞與東坡則在十一部的「庚梗」韻的使用上較柳永、稼軒高些，謝雲飛以此韻乃「淡淡的哀愁間存著理性的成分」，夏敬觀以之爲「揚」，王易以之爲「振厲」，則東坡之善用此韻與其詞韻之大風格同步，而清眞之用此韻，則與其詞韻之大風格相悖離。故而雖然周詞的詞韻風格顯纏綿綢繆的大傾向，但由於他亦多用「庚梗」韻與「元阮」韻的情況來看，可知其並非全然地只是偏好低抑的韻情，由此，我們亦可得窺其詞韻風格之一隅所呈現的另種姿態，

由韻部的使用，我們所能獲得的結果不是「婉約派」詞人與「豪放派」詞人的大分歧，而是各家詞作風格的交叉與類疊：稼軒「不可一世」（《四庫全書提要》語）之雄心未伸的感慨、清眞「沈痛至極，仍能含蓄」（周濟語）與柳永雖多媟黷，但「高處足冠恆流」（宋翔鳳語）的情傷、失志之意適於此處交會，皆同好以低鬱的陰聲韻一吐胸中愁懣；而作品中既呈露「逸懷浩氣」（胡寅語），也有「清麗舒徐」（張炎語）風格的東坡則較三人有更多之陽聲韻作品，整體韻情上較其他三家來得寬平爽朗。

（三）韻腳的疏密與各家用韻之風格取向

1、韻腳疏密的界定標準及其與聲情風格之關係

除了韻格與韻部的選用取向會表現出不同的風格特徵外，透過韻腳安排的疏密，我們亦可得見作品聲情或是弛緩、或是快速的不同特質。對於此點，宋代的張炎在《詞源》中所體認到的是：

> 大頓聲長，小頓促，小頓才斷大頓續，大頓小住當韻住，……
> 〔註71〕

「頓」與「住」大抵即詞調中的韻位。〔註72〕詞中，若韻與韻之間距離較遠（「大頓」），則該曲將呈現出揚長的音聲特色；韻與韻之間距離較近（「小頓」），該曲則令人有迫促之感，一揚一促，一促一揚，作品即能展現出跌宕多姿、抑揚有致的聲情效果。

由於詞爲音樂文學，韻腳處即爲音樂段落處，音樂不同，韻腳停佇之處便也隨之而異，職是之故，韻腳的安置也就有了均勻與或疏或密的分別。至於韻腳疏密的標準，各家的看法大致相當，曾永義認爲：

> 大抵隔句押韻的可視爲均勻，數句才押韻的可視爲疏，句句押韻或短柱韻的可視爲密。〔註73〕

黃永武的看法是：

> 押韻最密的該是「句中有韻」的詩，……其次是「句句押韻」，……其次是「四句三韻」，……韻腳最疏的應是三四句乃至於五六句才押一個韻腳的，這種情形，只有在宋代以後的「慢詞」中才有，詩中並不存在。〔註74〕

由於黃氏所討論的材料與範圍僅限於詩歌，不及詞曲，所以「四句三韻」指的是近體絕句中一、二、四句的押韻型式，與詞的關係不大，除去此項，其與曾氏的觀點是互爲吻合的。

〔註71〕參見唐圭璋編，《詞話叢編》第一冊，頁254。
〔註72〕「頓」與「住」的名稱、意指及各家用法見吳熊和著，《唐宋詞通論》，頁59-60。
〔註73〕同註66，頁13、14。
〔註74〕參見黃永武著，《中國詩學——設計篇》，頁162。

至於韻腳疏、密所呈現的節奏特徵，各家之說法亦大體接近，曾氏云：

> 因為韻腳於聲情有收束與呼應之功能，其與非韻腳間之交互作用，有如人體之呼吸，故用韻均勻的，節奏之疾徐較為合度；用韻過度的，較為弛緩；用韻過密的，較為快速。〔註75〕

黃永武先生也認為：

> 韻腳愈密，愈能表現迫促的情節，……「句中有韻」實比「句句用韻」的節奏更短，……句句用韻既不如句中用韻那樣迫促，則隔句用韻，自然也不如句句押韻迫促。至於三四句、五六句一韻的「慢詞」，多為鋪排情景時用，在氣勢上顯得更加舒緩。〔註76〕

余毅恆則配合著押韻的方式，綜合地討論押韻與文情風格之關係：

> 一般說，隔句押韻，韻位安排得比較均勻的，其聲調就較舒緩，宜於表達愉快、安閒和哀婉的思想感情。每句押韻或不斷轉韻的，其聲調就較急促，沈重，宜於表達緊張、激憤、憂愁的思想感情。〔註77〕

綜合三人之說法，韻位安排得較為勻稱者，氣勢節奏疾徐合度；韻密者則顯迫促快速的聲情特質；韻疏者，僤緩雍容，詞情較為鬆豁。

2、韻腳疏密之異與各家風格之別

有了上述這些標準之後，我們便可以進一步檢查柳、周、蘇、辛四人用韻之情形。柳、周二人在韻腳疏密的安置上頗有差異，其間的殊別，林玫儀於〈柳周詞比較研究〉一文中，有甚為詳盡的例舉與說明，總言之，周詞的韻腳安置較為平均，而柳詞則「忽疏忽密，極盡錯綜變化之能事」。〔註78〕若將林生先一文中所列舉之詞例與說明略

〔註75〕同註66，頁14。
〔註76〕同註74。
〔註77〕參見余毅恒著，《詞筌》，頁181。
〔註78〕詳例及說明參見林玫儀，〈柳周詞比較研究〉，《詞學考詮》，頁220-224。

作整理，可以得出柳詞韻腳之長短變化所呈現出的四種現象：

（1）要言之，韻腳或長至二十餘字，或短至數字，極其參差，參差之現象不僅於句中爲然，句首、換頭處亦莫不如此，如：

△慘黛娥、盈盈無緒，共黯然銷魂。重攜纖手。話別臨行。猶自再三。問道君須<u>去</u>，頻耳畔低<u>語</u>。（〈傾杯〉，7、22、5）

△當來便<u>約</u>。永結同心偕<u>老</u>，爲妙年、俊格聰明。凌厲多方憐愛。格期養成心性近。元來都不相<u>表</u>，漸作分飛計<u>料</u>。（〈八六子〉，10、26、6）

爭克罷同歡<u>笑</u>，已是斷絃尤<u>續</u>。覆水難收。常向人前誦談。空遣時傳音<u>耗</u>，漫悔<u>懊</u>。（同上下片，6、22、3）

△算到頭、誰與伸<u>剖</u>，向道我別來。爲伊牽繫。度歲經年。偷眼覷、也不忍覰花<u>柳</u>。可惜恁、好景良宵。未曾略展雙眉暫開<u>口</u>。（〈傾杯樂〉，7、22、16）

（2）具體而言，如起韻處，有短至二、三字者，有長至二十餘字才起韻者，短韻之例如：

△秋<u>暮</u>。亂灑衰荷，顆顆眞珠<u>雨</u>。（〈甘草子〉）

△酒<u>醒</u>。夢纏覺，小閣香炭成煤，洞户銀蟾移<u>影</u>。（〈過澗歇近〉）

△寵佳<u>麗</u>。算九衢紅粉皆難<u>比</u>。（〈尉遲杯〉）

△留不<u>得</u>。光陰催促，奈芳蘭歇，好花謝，惟頃<u>刻</u>。（〈秋蕊香引〉）

△宴堂<u>深</u>。軒楹雨，輕壓暑氣低<u>沈</u>。（〈夏雲峰〉）

長韻之例如：

△颯颯霜飄鴛<u>瓦</u>。翠幕輕寒微<u>透</u>。長門深鎖稍稍。滿庭秋色將<u>晚</u>。（〈鬥百花〉）

△戀帝<u>里</u>。金谷園林。平原巷陌。觸處繁華。連日疏狂。未嘗輕負。寸心雙<u>眼</u>。（〈鳳歸雲〉）

（3）短韻、長韻陡然相接，形成疏密間隔之情形，句首處如此，換頭處亦如此，如句首處：

△紅塵紫陌。斜陽暮草長安道。是離人、斷魂處。迢迢匹
　馬西征。新晴，韶光明媚。輕輕淡薄和氣暖。望花村、
　路隱映。搖鞭時過長亭。愁生。(〈引駕行〉，23、2、23、2)

△淮楚。曠望極，千里火雲燒空。盡日西郊無雨。厭行旅。
　數幅輕帆旋落，艤棹蒹葭浦。避畏景，兩兩舟人夜深語。
　(〈過澗歇近〉，2、15、3、11)

換頭處用長韻者：

△暗想當初。有多少、幽歡佳會。豈知聚散難期，翻成雨
　恨雲愁。阻追遊。每登山臨水，惹起平生心事。一場消
　黯。永日無言，卻下層樓。(〈曲玉管〉，23、3、23)

△驅驅行役，苒苒光陰。蠅頭利祿，蝸角功名，畢竟成何
　事。漫相高，拋擲雲泉。狎玩塵士。壯節等閒消。(〈鳳歸
　雲〉，24、13)

換頭處用短韻者：

△閒暇。每祇向、洞房深處。病憐極寵，似覺些子輕孤。
　早恁背人沾灑，從來嬌縱多猜訝。(〈洞仙歌〉，2、23、7)

△遣離人、對嘉景，觸目傷懷，盡成感舊。別久。帝城當
　日，蘭堂夜燭，百萬呼盧。畫閣春風，十千沽酒。(〈笛家
　弄〉，14、2、20)

（4）柳詞常於換頭處用二字短韻，如：

△無據。乍出暖煙來，又趁游蜂去。(〈黃鶯兒〉)

△難忘。文期酒會，幾孤風月，屢變星霜。(〈玉蝴蝶〉)

△臨風。想佳麗，別後愁顏，鎮斂眉峰。(〈雪梅香〉)

△何意。繡閣輕拋，錦字難逢，等閒度歲。(〈定風波〉)

△羈旅。漸入三吳風景，水村漁市。閒思更遠神京，拋擲
　幽會小歡何處。(〈洞仙歌〉)

　　林玫儀於文末作結時，認為柳詞韻字的疏密如此懸殊，所反映出
的現象乃是當時的音樂背景定然「跳動活潑、變化多端」。實則，此
種韻字的安排除了可以彰顯音樂特色之外，亦能藉此得見作品的文情

風格。關於柳詞之風格，林玫儀於同文中認爲其中登山臨水、羈旅行役之二類作品多顯淒清高曠之情調，其景中之情時能得見柳永之豪情壯志；而描寫當時社會繁華之一類者，則多予人溫暖之感；至於歷來皆爲人所詬病的艷詞，則顯軟弱卑俗。〔註79〕而清人宋翔鳳在《樂府餘論》中也表示：

> ……柳詞曲折委婉，而中具渾淪之氣。雖多俚語，而高處足冠群流，倚聲家當尸而祝之……。〔註80〕

可知柳永詞作風格，有婉約者、豪曠者、亦有溫熱與悲鬱屬者。如果稍微留意一下，我們可以發現柳詞中長短韻相接、抑揚交錯者，絕大多數皆是歷來爲人所稱許之羈旅行役、展現豪闊或是抑鬱情調的作品，只要細索上舉之詞例，便不難得證。而柳詞中容易遭人詬病的軟媚之作，其在韻腳上的安排，則配合著文情有較爲弛緩或亭勻之表現，如〈鬥百草〉「煦色韶光明媚」一詞，韻腳的間距爲：12、12、16、5／10、10、16；「滿搦宮腰纖細」一詞之間距爲：6、6、12、、16、5／10、10、16；〈晝夜樂〉「洞房記得初相遇」一詞爲：13、12、14、10／7、6、12、14、10；〈柳腰輕〉一詞則爲：7、6、14、14／6、7、14、14，由此數端，我們可以窺見：柳永詞作內容、風格之富於變化正與其在韻腳疏密之安置上所呈現出的多面性互相應合。

周、蘇、辛三人在韻字安排的疏密上則皆較柳永來得勻稱平穩。但三人之中，尤以清眞用韻最爲亭勻。據林玫儀之考索結果，周詞起韻雖然時有用三字短韻之例，「但是並無短至二字者，亦無長至二十餘字者」。周詞起韻最長者爲十四字，其所得出之十四字方始起韻的詞牌爲：〈渡江雲〉、〈應天長〉、〈丹鳳吟〉、〈西平樂〉、〈滿庭芳〉、〈丁香結〉、〈氏州第一〉、〈慶春宮〉、〈拜星月〉等調。〔註81〕東坡起韻，最長之處亦爲十四字，詞牌爲：〈滿庭芳〉、〈雨中花慢〉、〈鵲橋仙〉；

〔註79〕同註78，頁206-207。
〔註80〕參見唐圭璋編，《詞話叢編》第三冊，頁2499。
〔註81〕同註78，頁224-225。

詞集中最常見的起韻字數爲七、八兩式。此外，清眞起韻不見短至二字者，東坡則時有之，如〈調笑令〉之「漁<u>父</u>，漁父，江上微風細雨」、「歸<u>雁</u>，歸雁，飲啄江南南岸」、〈醉翁操〉之「琅<u>然</u>，清圓，誰彈？」除了二字短韻，三字短韻與四字短韻於《東坡樂府》中亦時能得見，此則與清眞相類似。稼軒詞之起韻字數則較爲參差，雖仍以七、五字最爲常見，但以二字起韻者亦偶能得見，如〈唐河傳〉之「春<u>水</u>，千里，孤舟浪起，夢攜西子」、〈醉翁操〉之「長<u>松</u>，之風。如公，肯余從，山中」。〈醉翁操〉此調之押二字短韻，是爲固定格律，清眞不作此調，復使集中不見以二字短韻起句之例。至於長韻，稼軒詞中之〈鵲橋仙〉一調遲至十五字方纔起韻，但僅此一調，十四字起韻者則較爲常見，詞牌爲：〈蘇武慢〉、〈滿庭芳〉、〈雨中花慢〉、〈聲聲慢〉、〈金菊對芙蓉〉、〈玉蝴蝶〉、〈瑞鶴仙〉。

　　《清眞集》中的二字短韻，則在換頭之處最爲常見，如

　　△遲<u>暮</u>，嬉遊處，正店舍無煙，禁城百五。（〈鎖窗寒·寒食〉）

　　△忡<u>忡</u>。嗟憔悴。新寬帶結，羞豔冶，都銷鏡中。（〈塞翁吟〉）

　　△堪<u>嗟</u>。清江東注，畫舸西流，指長安日下。（〈渡江雲〉）

　　△牽<u>引</u>。記試酒歸時，映月同看雁陣。（〈丁香結〉）

　　△情<u>切</u>。望中天遠地闊。（〈浪淘沙慢〉）

　　△迢<u>迢</u>。問音信，道徑底花陰，時認鳴鑣。（〈憶舊遊〉）

　　但清眞在安置了二字短韻之後，並未再接以三字短韻或四字短韻，形成短柱韻的現象，與下一個韻部之間俱隔了二到三句。若以上述所引之詞作爲例，只〈浪淘沙慢〉「情切」一詞與下韻之間間隔了五字，呈現較爲緊密之節奏外，其餘五例，二韻之間皆爲一緊一舒之狀態，節奏和諧而富於變化，既不致於過度緊迫，亦不會流於渙散鬆弛。而東坡與稼軒詞中皆有短柱韻者，東坡與稼軒之〈醉翁操〉上半片，其韻腳之間距爲「2、2、2、3、2、7、6、3、5、7」（稼軒於片尾尚多出八字），節奏極爲緊湊。

　　此外，蘇、辛二人詞作中少見換頭處出現二字短韻者，辛詞中未

見，蘇詞中則僅〈滿庭芳〉一調五例，詞例如：

△無何。何處有，銀潢盡處，天女停梭？

△擬擬。疏雨過，風林舞破，煙蓋雲幢。

其他三例同此，韻與韻之間的距離皆爲三句，節奏一收一放，雖不均等，但跌宕有致。不過因此爲定格，詞人既選此調，則皆將呈現相同的節奏聲情。此調的整體韻式雖然呈現勻亭之姿（14、9、13、12／2、11、9、13、12），但實則二人詞作中句句押韻的現象極多，東坡詞例如：

△我輩情鐘。古來誰似龍山宴？而今楚甸，戲馬餘飛觀。顧謂佳人，不覺秋強半。箏聲遠，鬢雲撩亂，愁入參差雁。（〈點絳脣〉，11、4、5／9、3、4、5）

除了上、下至的第一句未押之外，其餘句句皆押韻。再如：

△送客歸來鐙火盡，西樓淡月涼生暈。明日潮來無定準，潮來穩，舟橫渡口重城近。　江水似知孤客恨，南風爲解佳人慍。莫學時流輕久困，頻寄問，錢塘江上須忠信。（〈漁家傲〉，7、7、7、3、7／7、7、7、3、7）

△秋帷裏，長漏伴人無寐。低玉枕涼輕繡被，一番秋氣味。曉色又侵窗紙，窗外雞聲初起。聲斷幾聲還到耳，已明聲未已。（〈謁金門〉3、6、7、5／6、6、7、5）

其他，每句押韻的詞牌尚有〈桃源憶故人〉、〈昭君怨〉、〈調笑令〉、〈減字木蘭花〉、〈菩薩蠻〉、〈定風波〉、〈醉落魄〉，至於如第一個詞例般，上下片各差一句即成句句押韻的詞例亦不在少數，二者相加共有 217 首，約占了全詞的百分之六十五。整體而言，東坡詞的韻字安排緊密而顯迫促激昂的情調特徵。

稼軒詞中句句押韻的詞例如：

△登山臨水兮送將歸。悲莫悲兮生別離。不用登臨怨落暉。昔人非。惟有年年秋雁飛。（〈憶王孫〉8、7、7、3、7）

△僧窗夜雨，茶鼎熏爐宜小住。卻恨春風，勾引詩來惱殺翁。　狂歌未可，且把一尊料理我。我到亡何，卻聽儂

家陌上歌。（〈減字木蘭花〉4、7、4、7／4、7、4、7）

其他句句押韻的詞牌尚有：〈菩薩蠻〉、〈昭君怨〉、〈謁金門〉、〈河瀆神〉、〈唐河傳〉、〈一剪梅〉、〈定風波〉、〈漁家傲〉、〈醉太平〉、〈惜分飛〉，與只差一句即成句句押韻的詞例相加，共 238 首，約占詞作的百分之三十八左右。雖然比例不如東坡來得高，但比之清眞的 31 首、佔全詞百分之十六的數量及比例高出甚多由此觀之，蘇、辛二人之詞作在韻腳上呈現激厲聲情的傾向與剛健清雄的詞風是隱隱暗合的。〔註82〕

總言以論之，柳詞之韻字忽疏忽密，其時而快速，時而頓挫緩慢的的韻情正與其詞情或是軟弱，或是凄清高曠的兩個極端相互貼合。而清眞之用韻最爲均勻，其合諧適洽的韻情，除可再次得證清眞善爲音律的音樂天分外，亦可得見其「縝密典麗」（劉肅語）、「渾厚和雅」（張炎語）之文情與疾徐有致之聲情的兩相彰美及交融。東坡與稼軒的韻腳安置則較爲密集，整體詞作呈現了快速的節奏與情調，尤以東坡之作爲然，此與二人時露清健豪邁、「一洗萬古凡馬空」（元好問言東坡詞）的詞作氣象亦是交滲互成的。由此可見：自韻腳安置的疏密觀察各家詞作，頗能精確的得見作家風格之異同。

三、小　結

能夠決定一個作家的文學風格，甚或一首作品風格的因素極多，即就語音形式而言，即有四聲平仄與韻協兩大因素，韻協的部分，又有韻格、韻部以及韻之疏密等細部因素，作家如何選擇其間的因素以配合文情的需要，則人人不同。例如同是韻部的聲情，稼軒反與清眞、柳永接近，而異於東坡；但在韻格的選擇上，則風格類近的柳、周傾向創作作爲宋詞通格的仄聲韻，在平聲韻與其他類同於近體詩或古詩

〔註82〕各家詞作韻字之整理及説明，除了參考林玫儀〈柳周詞比較〉一文外，部分資料乃根據民國八十二學年度淡江大學中研所「詞學研究」一門課修課同學的統計成果爲基礎，進一步予以補充整理而成。

詩體的韻格上，則少有創作；反之，長調之外，蘇、辛亦頗爲擅長塡作轉韻之調式，此種轉韻的詞調在體制上正近於近體詩、古體詩而離慢詞較遠。此外，在韻腳疏密上，以柳永之表現最爲特殊，其或疏或密的韻字特質適與其高健或卑靡的作品風格貼合一致；而整體節奏最爲勻稱舒徐者實非清眞莫屬，舒疾有度的韻律特質更輔成了其典麗詞風之形成；至於蘇、辛二人，則又於韻腳疏密之安置上類近會同，共顯了一致的節奏傾向，皆喜於使用韻密之調式進行創作，迫促急驟的聲情正足以宣發二人豪邁清曠之情懷志意。

由韻協的佈置，我們頗能清楚的得見各家對於韻情的掌握程度、其與文情之間的離合關係，以及各家聲情風格的交疊與錯出之處。清眞在勻稱舒徐的節奏中顯低抑纏綿之聲情；柳永在忽疏忽密、跳動來去的節奏中展現了幽微的韻情；東坡乃在緊密而迫促激昂的情調中透顯清朗寬平的韻姿；稼軒則以淒緊勁急的節奏與咽斷促截的韻聲抒發悲慨豪邁的英雄之氣。

第二章　段落與句型規範——詞作整體結構之選擇

第一節　詞調的結構種類與《清眞集》之結構取向

一、詞調的結構種類

　　由移宮換調的取捨、平仄四聲的分辨到韻腳的多種換押方式，我們似乎不易在詞作中尋找到一種平穩對稱的結構秩序，同樣的，在詞作的分片結構與句式結構中，亦不易得到如近體律絕般之方整劃一的構造型態。此種繁多的變化，莫不因詞之結構與文字生命原本乃寄託於音樂生命之上。

　　由於詞爲音樂文學，故有樂譜及其體式上特屬之專有名詞。其中，「詞調」與「詞牌」意義相近，可以泛指所有的歌曲或固定格式，但若要嚴格區分，二者之區別在於：「詞牌」專指樂譜的名稱，而「詞調」則偏重指其中句數、字數、字聲、押韻等「固定的格式」。我們此處所欲討論者，爲「詞調」之種類及其內部的分段結構。

（一）詞調的種類

　　從詞作長度來看，詞調可以分爲小令、中調、長調三類，至於此

三類的劃分原則，毛先舒於《塡詞名解》中說：

> 五十八字以內爲小令，五十九字至九十字爲中調，九十一
> 字以外爲長調，古人定例也。〔註1〕

此種說法未免過於刻板，字數位於邊界上的作品，若因一字之差便即斷然歸分爲中調或小令，則二者之間的性質差異何在？此說一無清晰且互相排斥的界分原則是顯而易見的。萬樹《詞律發凡》即自詞調可具有多種格式指出此一劃分方式的不合理之處：

> 若以少一字爲短，多一字爲長，必無是理。如〈七娘子〉
> 有五十八字者，有六十字者，將名之曰小令乎抑中調乎？
> 如〈雪獅兒〉有八十九字者，有九十二字者，將名之曰中
> 調乎抑長調乎？故本譜但敍字數，不分小令、中、長之名。
> 〔註2〕

萬樹的駁斥甚爲一針見血，但以小令、中調、長調之名以及字數長短區分詞作未必全無可取之處，宋翔鳳於《樂府餘論》中說：

> ……。其分小令、中調、長調者，以當筵作伎，以字之多
> 少分調之長短，以應時刻之久暫。……則令者，樂家所謂
> 小令也；曰近曰引者，即樂家所謂中調也；曰慢者，即樂
> 家所謂長調也。不曰令、曰引、曰慢，而曰小令、中調、
> 長調者，取流俗易解，又能包括眾題也。〔註3〕

宋氏以爲：此三個名稱不但可以大抵反映出樂調時間的長短，亦能收明白易懂與包涵令、引、近、慢等眾題之效，〔註4〕因此後世仍不斷地加以沿用。

〔註1〕參見毛先舒，《塡詞名解》，引自〔清〕萬樹著，《詞律》（台北：中華書局，1966），頁1。

〔註2〕參見〔清〕萬樹著，《詞律·發凡》，頁2。

〔註3〕參見唐圭璋編，《詞話叢編》第三冊，頁2500。

〔註4〕至於長調與慢詞是否有相同的意義內涵、「引」是否即爲中調，乃屬另一個層次上的問題，歷來討論之文甚多，例如《詞筌》第三章、王力《漢語詩律學》第三章、徐信義《詞譜格律原論》第二章以及林玫儀之〈令引近慢考〉一文，此處不擬另做歧出別義之討論，故略。

　　名稱固當可以保留，但由反映樂調時間之短長並進而對文字長度
所設定的裁分標準，則應適度的加以調整。鄭騫於〈再論詞調〉一文
中指出：若要強分小令中調、長調的字數，乃是穿鑿附會、於古無據
之說法，但如果只保留三者之名稱以及大致之區分觀念則也還可用，
至於他所提出的修正是：

> （令、慢）通稱則爲小令、長調。二者的區別並沒有固定
> 的字數，大概七、八十字以下即是小令，八、九十字以上
> 即是長調。〔註5〕

　　呂正惠先生《詩詞曲格律淺說》一書論及小令與長調字數之別
時，沿承鄭氏之說，只別分小令和長調兩類，字數之區隔亦同鄭氏，
並補述說明：

> 我們不能在中間（小令、長調）劃出嚴格的界限，但就其
> 兩端而言，譬如五、六十字和一百多字，兩者的區別的確
> 很明顯。〔註6〕

　　相較之下，王力的劃分標準更有理據可循。王力亦只取「小令」
與「長調」兩種概念，與鄭、呂二人相異之處乃在字數判分上的多與
寡。此間差異源於其修正之基礎乃奠立於「從格律一方面說，詞是淵
源於近體詩」之大觀念上。〔註7〕他認爲毛先舒所說的「五十八字以
內爲小令」是有其道理的：最初的詞大多數由近體律絕增減而成，而
七言律詩一首，或是絕句兩首，皆共五十六字，依照詞例分爲兩疊，
如果每疊增加一個字就成五十八字，因此毛氏所言亦非純是牽率臆想
之辭。雖則如此，王氏亦不全然同意毛氏之說，以爲：以近體律絕爲
基礎增減而成的詞調，若每疊增加兩個字，卻是六十字，因此不妨調
整爲：

> 凡是和律絕的字數相差不遠的詞，都可以稱爲小令。我們以
> 爲詞只須分爲兩類：第一類是六十二字以內的小令，唐五代

〔註5〕參見鄭騫著，〈再論詞調〉，《景午叢編》，頁95。
〔註6〕參見呂正惠著，《詩詞曲格律淺說》，頁69。
〔註7〕參見王力著，《漢語詩律學》，《王力文集》，十四卷，頁625。

詞大致以這範圍爲限（極少的例外如杜牧的〈八六子〉是可疑的）；第二類是六十三字以外的「慢詞」，包括《草堂詩餘》所謂中調和長調，它們大致是宋代以後的產品。〔註8〕

　　王氏對於小令、慢詞的劃分標準頗爲清晰而合理，但此只適用於說明或是檢查詞體新興之際的作品。詞至後來，已然可以擺脫近體律絕之影響，而隨樂譜詞，因此如〈師師令〉等作品，句數長短已與律絕有所差異，承襲於律絕之痕跡已然不易尋索，而其七十上下之字數，若要派歸於長調，其長短律度依然與長調兩不相侔。是以我們仍以鄭氏與呂氏之說法爲據，唯其因涉及具體詞作之統計分析，因此本文將字數限定在八十，多於此數則爲長調，低於此數則爲小令，此種界分仍不免又犯了拘泥固執之病，但基於此種統計只見其結構上之大傾向，故雖固陋，但仍不失其有效性。

　　此外，王氏以「慢詞」代稱「長調」尚有其欠缺周延之處：「慢詞」與「長調」，一乃音樂上之長度，一乃文字上之長度，音樂長度長者，固然可以容納更多的語言文字，但卻不必然一定得有相應之長文，所以本文在稱謂上捨「慢詞」之名，仍以「長調」稱述文字篇幅較長之詞作。

　　「小令」、「中調」、「長調」乃是就各調字數之多少作爲劃分標準以訂立之名稱，若從詞與音樂的關係來看，則又可有令、引、近、慢、攤破、添字、添聲等專門術語及其分派方式，唯其與下文所欲討論之分片結構並無直接包蘊的關係，故略而不論。

（二）詞調的分片結構

　　上文曾提及：詞的慣例率常分爲兩疊，亦即分爲兩個段落，不論小令或是長調大抵皆是如此，而其分段之因乃緣於音樂的複沓演奏。詞的一段亦稱爲一「片」，「一片」即爲「一遍」，意指音樂演奏過了一遍。一整支曲子稱爲「一闋」，故詞的前段亦可以名之爲「上闋」，後段則稱之爲「下闋」，或依前，以「上片」、「下片」名之。

〔註8〕參見王力著，《漢語詩律學》，《王力文集》，十四卷，頁636-639。

　　因音樂的關係而分段，詞在章句結構上除了最常見的兩疊外，尚有各種不同的組織形式。因為這部分的問題較為單純，是以各家對於詞之分段問題，看法較小令、長調的字數來得統一一致。其間形式，綜合鄭騫、呂正惠、王力與余毅恆四家之說法，則可重新整理如下：

1、單調（不分疊）

　　此為特別短的小令，一口氣唱到底，並不分疊，如〈十六字令〉、〈如夢令〉、〈調笑令〉、〈望江南〉，這種不分的情形，只有小令如此。

2、雙調（二疊）

　　這是詞中不論小令或是慢詞最為常見的現象，因配合絃律的變化，尚有數種不同的情況：

（1）上下片全同

　　有些調子前後片完全相同，小令如〈玉樓春〉、〈虞美人〉、〈浪淘沙〉、〈江城子〉等，可以想見，這是同一種旋律歌唱兩遍，小令中此種現象極為常見。

（2）上下片差異小（換頭）

　　最常見的現象是後疊的開頭幾句與前疊不同，其餘則相同，此可稱之為「換頭」，如〈鷓鴣天〉、〈念奴嬌〉。長調中此種現象較多，小令則部分如此。

（3）上下片差異大（不換頭）

　　有些調式只有上下片的首句相同，其他則異，如〈傷春怨〉。前後疊相差很多的，只有長調如此，雖〈傷春怨〉為小令，但小令中此種現象並不常見，大抵都是前後一致，或大同小異。

（4）前後片完全不同：

　　這是上下片的字句完全不同，如〈訴衷情〉、〈天香〉。

3、三　疊

　　又可分為兩種情況，一為三疊全異、一為前兩疊完全相同，第三疊與之大異的「雙拽頭」。

（1）三疊全異

如〈蘭陵王〉、〈寶鼎現〉。

（2）雙拽頭

由於前兩片完全相同，第三片較長，另成一格，可以想見，在旋律中，是將一個較短的絃律重覆一次，再接續另一個較長的絃律。詞例如〈瑞龍吟〉、〈曲玉管〉。

4、四　疊

四疊的，詞中極少見，只〈鶯啼序〉一調。〔註9〕

由於長調較小令更富於音樂性，規矩也就更嚴，因此在文人試作詞體的興起階段，音樂性較強之長調，在格律尚未固定下來之際，只有熟闇音樂之詞人，方能大量的依曲律譜寫創作。因此，就各別作家的填寫率來看，愈是精通音律之人，則愈能勇於嘗試調式之變化；而愈是重視詞之音樂生命的文人，調式之變化也愈可能面呈現繁複多變之面貌，因此，就此中所呈現之風格特色而言，由調式結構繁簡之異，當能見其結構風格上簡易、繁縟之不同特徵。

二、《清眞集》中的分片結構——周邦彥對於分片結構之選擇

從張先、柳永到周邦彥，亦即從北宋初期至北宋中期，一種對於音樂特徵之掌握以及對於詞作片段之另種規範的感受及要求，使得詞作逐漸發生了變化：那些與近體詩相近的結構逐漸減少。由統計數字中，我們當能清楚地看見這一變化的軌跡。本文中小令與長調創作闋數一項，統計之對象除以柳、周詞爲主之外，並增入對長調興起有承先啓後之功的張先、秦觀詞；而置入東坡與稼軒之作則頗能適時地對顯出格律派詞人的選調殊性。

〔註9〕分見鄭騫，《景午叢編》，頁99；呂正惠，《詩詞曲格律淺說》；王力，《漢語詩律學》，頁70-72、《王力文集》，十四卷，頁641-643；余毅恆，《詞筌》，頁48-53。

（一）各家詞人小令、長調創作數量之別異以及之於詞史上的各殊意義

△各家詞人小令、長調創作闋數一覽表〔註10〕

	張先	柳永	蘇軾	秦觀	周邦彥	辛棄疾
小令	165 89%	79 36%	285 85%	115 65%	103 53%	411 66%
長調	19 10%	138 64%	51 15%	62 35%	92 47%	214 34%

　　晏殊、歐陽修上承南唐遺風，詞作均爲小令，張先居於晏、歐與柳永之間，扮演著文人詞由小令轉向長調創製之間的橋樑。雖其長調僅止十九首，與柳永之一百三十八首實無法相與比擬，然而較諸晏、歐詞之全爲小令，此十九首無疑是新的嘗試與體製過渡之存跡，自有其歷史上之價値與意義。而柳永之於長調上的創製數量，爲六人之中比例最高者，亦由此可見其詞乃眞正以歌曲之性質爲主，與俗樂有著更爲密切的結合，而近體律絕之遺跡，至此可謂消散殆盡。然而蘇軾的大量塡作小詞，致令詞之結構又與近體律絕相靠攏。僅以形式而論，此結構體製上的接近，亦是小詞詩化的另種特徵。〔註11〕由蘇詞之小令與長調之間甚大的差距來看，不僅可見蘇軾「爲小詞的詩化創造了一個雲飛風起的高峰」，〔註12〕亦可從側面得知：較之柳、周，蘇軾對於音樂性較強之長調顯然沒有甚高的偏好——儘管其長調多有膾炙人口之表現，由此，我們不難間接推想：歷來詞家之言蘇軾乃

〔註10〕各家詞集版本依次爲：彊村叢書本《張子野詞》附《補遺》、鄭文焯校評《樂章集》、徐培均校注《淮海居士長短句》、龍楡生校箋《東坡樂府箋》、鄭文焯校刻本《清眞集》。

〔註11〕葉嘉瑩先生曾提出詞的三個發展途徑：詩化之詞，以晏、歐、蘇爲代表；歌詞之詞，以柳詞爲典範；賦化之詞，乃周邦彥開出之新的抒寫方式。參見氏著，《靈谿詞說》（台北：國文天地，1989）論各家之篇章。

〔註12〕葉嘉瑩語，同上註，頁129。

不擅於音律，亦非全然無據的臆想與猜測。而與蘇軾詞風相近，同顯豪曠之氣的稼軒，雖於長調的填作上較蘇軾來得頻繁，然而小令的創作數量亦明顯地高出長調甚多，二人之於體製上的選擇，又顯共同之傾向。

秦觀之詞就內容與風格而言，並未追隨蘇軾「一洗綺羅香澤之態，擺脫綢繆宛轉之度」（胡寅語），作詞境上開拓與創新之嘗試，仍停留在《花間》詞之閨情春怨的抒寫傳統之中。但若就形式而論，仍不免受到柳永大量創製慢詞的影響，在長調上，有甚高的填作比例。秦觀詞之題材與柔美之詞風雖源自於花間詞人，但在形式上亦未全然走回花間詞人所擅用的小令上，其體製雖仍以小令爲主，但由長調上高出東坡百分之二十的填寫率來看，除了昭示秦觀對於仍然持續發展之長調體製的廣爲援用外，亦隱約透露了秦觀對於詞作原有之音樂生命與隨音樂生命而有之詞體本質的認識。此種認定實與東坡之以詩入詞、欲打破詩、詞體式之界域的企圖截然有異；而此與稼軒之於詞體大致確立，長調之發展已然穩定後方有相當比例之填寫率，意義亦不相同，秦觀詞所呈現之意義在於具有詞史發展演變上承先啓後之功。

由於秦觀對於詞體形式之創作數量上的變化、調整，精熟音律之周邦彥方能在此基礎上折衷調和，得有一番定律、結構上集大成之表現。由周邦彥在小令、長調上的填寫比例乃六位詞人中最爲接近者，並綰合始見於《清眞集》之詞調高達五十三式之多的現象來看，[註13]可知周邦彥不僅大量創製新聲，致令長調之曲律、格式更趨精審外，亦且未曾以長調取代小令，反而於小令有甚多的填寫創作。而如上章所論，周更於小令中調和了題材內容與聲情之間相互牴牾之處。由是可明：小令與長調於《清眞集》中乃是並轡前行的，周邦彥未嘗捨小令而就長調。

〔註13〕此據洪惟助著，《清眞詞訂校注評‧清眞詞敍論》（台華：華正書局，1982），頁54-58。

（二）各家詞人於分片結構之取捨上所展現的殊異風貌

雖則上文曾對分片結構作了一番介紹，亦列舉出各種特殊的結構狀態，但只要仔細檢索一、二本詞集，便可發現除了上述項目之外，詞作中且尚存在著各種不同的結構現象。如二疊之詞，差異不大之型態，本文中只列舉了換頭一式，但實際上仍有前一、二句異，其餘相同；後一、二句異，前同；前後異，中間同；前後同，中間異等數種狀況。差異大者亦有上、下片之前半段全不同，後半段同；前半段同，後半段異以及上、下片之前後兩個句段同，中間句段異等現象。此些現象且非僅僅出現於某本詞集之中，而是一般詞作中極爲普遍之現象，之所以如此，自與音樂的旋律或複沓、或變奏息息相關。因種種差異皆可類屬於「差異小」與「差異大」之兩種現象下，因此下表中，僅標舉此二項以統括所有的差異狀況。至於差異大與差異小的區分原則是：二疊之中若有半數以及半數以上的句段、字數不同，句式相異者，則歸於「差異大」之欄項中，反之，則歸於「差異小」之項目下。

△各家詞人對分片結構之取捨一覽表：

	不分疊	二疊：全同	二疊：差異小	二疊：差異大	二疊：全異	三疊（雙拽頭）	三疊：全異
張　先	2 1%	64 39%	37 23%	18 11%	41 25%	0 0%	1 0%
柳　永	1 0%	44 20%	28 13%	63 29%	74 34%	2 0%	5 2%
蘇　軾	13 4%	211 63%	63 19%	19 6%	15 4%	0 0%	3 0%
周邦彥	3 2%	60 33%	45 25%	16 9%	51 28%	4 2%	1 0%
辛棄疾	6 0%	221 35%	250 40%	96 15%	54 8%	1 0%	4 0%

由此表觀之，二疊全同之詞牌，爲詞人所共同習於使用者，而以東坡之選用比例最高，柳永最低；張先、周邦彥與辛棄疾則創作比例接近；反觀二疊全異之作，不及二疊全同之詞牌般有其普遍之選用

率，而以格律派之詞人具有較高的塡作數量。二疊全異之詞牌，因句式變化繁複，與近體律絕有極大的差異，我們並可想見：在歌曲中，這是前後片的旋律皆不相同，由此可以進一步推論其在音樂上與文辭上的困難性要較二疊全同之詞牌來得高些，結構亦顯得較爲繁複多變。由塡作比例來看，我們可以得知：東坡與稼軒對於這種上、下片體製全異的詞牌，並沒有太高的興趣，二人之作，比例皆不過百分之十，與其他三位詞人皆過百分之二十的塡寫率差距甚大；而柳、周由於精通音律，於此樂於嘗試，故有高於他人之塡作率自不難以理解。

　　至於二疊差異小之詞牌，由於只在下片之某一樂段中稍作變化，其基本旋律與上片大抵相同，因此就性質而言，與「二疊全同」同屬變化不大的結構型態，其在形式上呈露較爲平穩對稱之風貌。各家之創作比例與「二疊全同」的情況相當，皆相差不遠，但仍以柳永爲最低，而稼軒最高。然而分開來看，差異似不明顯，但若將此二者結合並觀，則立顯分歧之處：蘇、辛兩人二類相加，一爲82%，一爲75%，皆過百分之六十，與柳永之33%、周邦彥之58%，差距在百分之十三以上。而二疊之中「差異大」者與「全異」者性質亦較爲相近，由「差異大」者此一項來看，亦不易明顯的區分出四人之間的殊別，但與「全異者」併合以觀，則如變化較微之一類，四人立成二組：東坡只有10%的塡作率、稼軒爲23%；柳永爲63%、周邦彥則爲37%，二組之差距亦在百分之十四以上。由此可知隸屬格律派或婉約派詞人之柳、周於二疊之詞作上好作參差繁複之結構變化；而非格律派之豪放詞人，則喜好選擇結構相互對稱，與近體律絕較爲相似之形式以進行創作。

　　四疊之詞牌，五人皆未有所創試。至於三疊之詞牌由張先之僅有一例，至後四家皆有三例以上之情況，可知在柳永大量試作之後，此種三疊之詞例亦已較爲普遍而常見。其中，四人之間只柳、周好作「雙拽頭」，而蘇、辛則偏好選擇三疊全異之詞牌。「雙拽頭」在歌曲中乃是把一個較短的旋律唱兩遍，再唱一個較長的旋律，結構在對稱中復顯變化之姿態，而三疊全異之詞牌則僅見變化而不見對稱上的規律性。因此若

配合著四家在二疊詞牌上的選擇來看，二疊之各現象中，蘇、辛好擇平穩對稱之結構以進行創作，而於三疊之中，則反而捨略較爲均勻對稱之組織型態，此中之因當與〈曲玉管〉、〈雙頭蓮〉、〈瑞龍吟〉等「雙拽頭」之詞牌皆以雙式句爲主，呈現宛轉舒徐之情調相關。反觀柳、周，二人則喜在二疊詞作之中尋求不同的句型變化，而於三疊之中，反要尋覓其間之規律與平穩，二人在結構上的感受與體會是要較蘇、辛來得精細而敏銳的，而此種結構又與音樂旋律的變化相繫相依、不可分割，是以二人之銳感當源自於對於音樂的直覺感受與審美經驗。

　　柳、周對於詞作結構的選擇與調整自非偶然之現象，因爲二者對於詞作整體美感效果的感受雖並非必然來自絕對理性與自覺的設計，但此一審美感受卻能時時促使他們不斷地對結構進行調整，而此來自於音樂銳感的調整就是一種「自然選擇」的過程，此種過程奠立了詞作整體結構之基本走向。也正由於一種對於音樂的直覺與審美經驗感受的不斷調整與選擇，由近體詩到詞，詩體變化較少、較爲平均的節奏終於分歧地朝向另一個繁複多變的方向轉化。這與六朝詩由雜亂無序的句型向整飭有序的方向轉化，直至四聯八句之句型固定下來成爲詩歌創作之主要型態的過程，適巧相反。〔註14〕換言之，若由詩歌演進的歷程來看，由詩到詞，正是一條由繁至簡，再由平均至錯綜之辯證性的發展進程然而此發展中，規律性、流美性的節奏成爲或錯綜或均平等多種面貌下，詩人始終思考、企欲掌握之基本原則。

第二節　詞體長短不齊的句式與清眞之於句式選擇上所展現的綢繆情調

一、詩歌中的意義形式與音節形式

　　一般人常以每句的字數分辨中國詩歌的形式，因此有五言詩、七

〔註14〕六朝詩歌發展之過程可參見葛兆光，《漢字的魔方》，第四章第三節〈句型規範〉。

言詩之分，但詩之所以爲詩，非僅自字數上分判，句中因停頓而形成的韻律感與節奏感方才是詩歌之所以爲詩歌的基本要素。此種因語氣停頓而形成的句中形式，一般稱之爲「句式」。

「句式」的劃分可以依照文意劃分，〔註15〕亦可以依循吟誦時的韻律劃分，前者稱之爲「意義節奏」或「意義形式」，後者則稱之爲「聲音節奏」或「聲音形式」。這兩種形式之間有時是疊合的，有時則頗爲分歧。重疊者，五言句如：

欲窮／千里目，更上／一層樓。（王之渙〈登鸛雀樓〉）

明月／松間照，清泉／石上流。（王維〈山居秋暝〉）

清新／庾開府，俊逸／鮑參軍。（杜甫〈春日懷李白〉）

七言句如：

巫峽啼猿／數行淚，衡陽歸雁／幾封書。（高適〈送李少府貶峽中王少府貶長沙〉）

勸君莫惜／金縷衣，勸君惜取／少年時。（杜秋娘〈金縷衣〉）

萬里寒山／生積雪，三邊曙色／動危旌。（祖詠〈望薊門〉）

音節與詞彙意義的分割適相符合。基本上來說，五言詩的音節形式，一般以 2、3 句式爲主，細分時可爲 2、2、1；七言詩的句式，若分得大略些，爲 4、3，若要分得細些，可以爲 2、2、3，或 2、2、2、1，倘使去掉前頭的一個音節即與五言詩相同。〔註16〕但如果眞的作極細的劃分時，那麼上舉的詞例中前二例皆要較後一例之「清新庾

〔註15〕所謂依照文意劃分的「意義形式」，曾永義先生的說明爲：「意義形式是句中意象語和情趣語的組合方式，意象語爲名詞及其修飾語，此外爲情趣語。」（曾永義，〈中國詩歌中的語言旋律〉、《鄭因百先生八十壽慶論文集》，頁 892 起）若以語言學的觀念解釋之，則文意的劃分即是主語、謂語、賓語以及補語的劃分。

〔註16〕此章中對於「句式」觀念的詮解與運用以及例句之舉證、說明，主要參考曾永義先生論「音節形式」（〈中國詩歌中的語言旋律〉——《詩歌與戲曲》，頁 21 起）、呂正惠先生《詩詞格律淺說》論詩詞的句式、黃永武先生《中國詩學鑑賞篇》「聲律美的欣賞」、余毅恆《詞筌》「詞的結構和句式」以及朱光潛《詩論》「中國詩的節奏與聲韻的分析」推衍以成。

開府，俊逸鮑參軍」、七言句「萬里寒山生積雪，三邊曙色動危旌」
合格。因爲就意義節奏劃分，前句爲 2、3，後句爲 2、2、1、2，細
部的意義形式與音節形式互不相侔。詩中此種現象猶多，曾永義先生
於論「音節形式」時，除了前述所舉之式例外，尚列了數種意義形式
相異的詩例，五言如：

△2、1、2：春風／對／青冢，白日／落／梁州。（張喬〈書
邊事〉）

△3、2：渚雲低／暗度，關月冷／相隨。（崔塗〈孤雁〉）

△1、4：地／猶鄹氏邑，宅／即魯王宮。（唐玄宗〈經魯祭孔
子而嘆之〉）

△4、1：雲霞出海／曙，梅柳渡江／春。（杜審言〈和晉陵陸
丞早春遊望〉）

七言如：

△2、5：非關／宋玉有微辭，卻是／襄王夢覺醒。（李商隱
〈有感〉）

△5、2：永夜角聲悲／自語，中天月色好／誰看。（杜甫〈宿
府〉）

△1、3、3：家／住層城／鄰漢苑，心／隨明月／到胡天。
（皇甫冉〈春思〉）

△3、1、3：嶺樹重／遮／千里目，江流曲／似／九迴腸。
（柳宗元〈登柳州城樓〉）

△6、1：河山北枕秦關／險，驛路西連漢畤／平。（崔顥〈行
經華陰〉）

△1、6：身／無彩鳳雙飛翼，心／有靈犀一點通。（李商隱
〈無題〉）

這些詩句若以 2、3 或 4、3 的音步節奏誦讀之，仍覺琅琅上口，
也尚不致於混淆或吞沒意義形式，造成語義上的分歧難解，因此是可
以以音節節奏含括意義節奏的，亦即是：我們可以以五言或七言的一

般頓法吟誦，而不致於誤解其中的意涵。但有些句子，意義形式會泯沒音節形式，而必須產生新的讀誦方式，若以慣有的頓法讀之，則句義將斷失難曉，如：

　　△庾公樓／悵望，巴子國／生涯。(元稹)

　　△藏千尋／布水，出十八／高僧。(孟郊)

　　△大屋簷／多裝雁齒，小航船／亦畫龍頭。(白居易〈日答客問杭州詩〉)

　　△采下菊／宜爲枕睡，碾來芎／可入茶嘗。(劉後村〈衞生詩〉)

　　五言之音節皆變常格之上二下三爲上三下二，七言則變定矩之上四下三爲上三下四，意義節奏做爲主導，改變了一般的停頓方式。

　　基於詩詞本是音樂化的語言，詞的音樂性尤強，具有一定的韻律節奏，何字必頓，某字必停，都得依調譜而有一定的矩律，又且即如鄭騫先生所言：

　　　　破句的時候，如有文義與音節衝突的情形，寧可顧音節而
　　　　不顧文義，因爲所謂句，只是音節上的停頓，並不一定表
　　　　示語意的完成，句斷意連的情形是常見的。〔註17〕

　　因此，本文在談論句式時，亦以音節形式爲主，只要音節形式的分斷不致於妨礙我們掌握詞句的意義，或令句意割裂至不可明曉的狀態，則皆以音律上的頓讀作爲劃分句式的依據。

二、句式與風格

（一）單節奏與複節奏

　　近體詩自以五、七言爲主，但古體詩則錯雜著三、四、六、八、九、十等字數長度不同的句子，詞亦如此。因五、七言詩通篇若非五言即爲七言，又五言的句式以2、3爲主，七言的句式以3、4爲主，因此五、七言詩的節奏是劃一而固定的，此劃一的節奏稱爲「單節奏」。古體詩與詞則非如此，不僅五、七言的句式可以同時存在於一

──────────

〔註17〕參見鄭騫，〈詞曲概説示例〉，《景午叢編》，頁67。

首作品之中，尚且又涵括了他種句式，因此，此種具有兩種以上節奏模式的作品可稱之爲「複節奏」的詩歌。

「複節奏」又可分爲「同質的複節奏」與「異質的複節奏」。此種劃分與句式的兩大類別有關，而句式的類別先要從字數的奇偶談起。先談奇數字句。三言的音節形式可以有 1、2 以及 2、1 之分，但因句子長度太過短促，因此通常將之視爲一個音節單位，因此，則三言的節奏實爲五言句 2、3 音節的後半段，因此三言與五言具有相同的音節本質，而七言句與九言句也大抵都只是五言句的變化：七言的4、3 是在五言的 2、3 之上加上一個二音節一頓的節奏，而九言的 2、4、3 則是在七言的 4、3 之上加上兩字；所以三、五、七、九言雖然字數多寡不一，但在句式上卻具有相同的本質。

同樣的，四、六言的句式本質相同而與奇數字句有別。自以《詩經》爲代表的四言詩產生之後，四言句即一直以部分結構的方式存在於中國的詩文之中（近體詩自然除外），而四言詩的句式，亦主要承襲《詩經》中的發展，莫不攔腰截爲兩段作 2、2 的頓法。六言句的句式雖可斷爲 3、3 與 2、2、2 兩種，但以 2、2、2 最爲常見，此則又是在四言的 2、2 之上加上兩字，所以基本上，四、六言的音步是同質的。八言句較爲繁複些（十言句少見，故可略而不論），若爲 3、5，則與五、七言同質，若讀成 2、6 或 4、4 則與四、六言同質（上述的九言句亦實可分爲 3、6 與 2、7）。基於句式的種類可以依五、七言與四、六言的音節節奏劃分爲以 2、3 爲基礎或以 2、2 爲基礎兩種，因此，作品中的句子，雖表面上的字數長短不同，但內在的節奏若實際上只具備了其中一種句式者，此爲「同質的複節奏」；如果二種皆涵括了，則即爲「異質的複節奏」。

詞作中此兩種節奏皆有，爲「同質的複節奏」者如：〈虞美人〉（五、七、九言句，句式作 2、3／4、3／2、4、3）、〈菩薩蠻〉（五、七言句，句式作 2、3／4、3）、〈調笑令〉（二、六句，句式作 2／2、2、2）；爲「異質的複節奏」者有：〈清平樂〉（五、七、四、六言句，

句式作2、3／4、3／2、2／2、2、2)、〈河瀆神〉(五、七、六言句，句式作2、3／4、3／2、2、2)。〔註18〕

(二)單式句與雙式句

從上文中，我們已然得知：詩歌中的基本句式主要可以別分爲2、2式與2、3式兩種，而隨字數長短之異，此兩種句式亦分別可有兩種不同的節奏數而形成詩歌中最常見的四種句式：

- 五言：2、3式（2、3式基本型）
- 七言：4、3式（2、3式基本型加兩字）

- 四言：2、2式（2、2式基本型）
- 六言：2、2、2式（2、2式基本型加兩字）

此雖爲詩歌句式的通則，但因詞有其隨旋律節拍而綿延頓讀的音樂背景，因此歌詞上所呈現之文字節奏亦隨之而有其異於他種詩歌體式的特殊之處，此中最明顯、也最重要的莫過於領調字的特殊結構所肇致之影響與變化。領調字的運用每令奇、偶字數與句式之間產生相離、錯出之現象，如四言句：

　　搵、英雄淚／繫、斜陽纜 (辛棄疾〈水龍吟〉)

五言句：

　　過、春風十里／盡、薺麥青青 (姜夔〈揚州慢〉)

六言句：

　　但、目送芳塵去 (賀鑄〈青玉案〉)

七言句：

　　想、東園桃李自春 (周邦彥〈鎖窗寒〉)

　　又、軟語商量不定 (史達祖〈雙雙燕〉)

　　空回顧、淡煙橫素 (周邦彥〈點絳唇〉)

〔註18〕此細目中之說法主要依據呂正惠著，《詩詞曲格律淺說》論詞的句式及旁參曾永義先生〈中國詩歌中的語言旋律〉論「音節形式」以及余毅恆《詞筌》論詞的節奏重新整理而成。惟文中「單節奏」、「複節奏」、「同質的複節奏」與「異質的複節奏」乃呂正惠先生所提出，他文中俱不見此等術語。

八字句：

對、蕭蕭暮雨灑江天（柳永〈八聲甘州〉）

更那堪、冷落清秋節（柳永〈雨霖鈴〉）

由例句可以得見：五、七言句不再呈現 2、3 或 4、3 的節奏數，而成爲 1、4／1、6 以及 3、4 的句式。若進一步分析，可以發現：後段的字數由於領調字的介入而轉變成偶數句，其音節可斷分爲 2、2 與 2、2、2 的句式；反觀四、六、八言句則變原有之 2、2 基本句型爲 1、3／1、5／1、7 以及 3、5 之式樣，同樣的，在進一步斷析之後，後半段的句子則皆爲轉變爲 2、3 與 4、3 的句式型態。然而綜合以觀，雖字數的奇偶與原有之句中字數的分配已與上述所揭示的常格互有出入，但是若將領調字視爲一種附加成分，那麼，閣置此成分不論，在重新釐析句式之後，我們對於各句式的了解，其實並不踰越原先所規範出的基本節奏。此外，尤要進一步說明的是：領調字並非只有一字與三字兩種，二字領調字亦頗爲常見，但因二字領調字若附加於句子之上，不管對五、七言而言或對四、六言而言，皆只是多了兩個音節，偶數句仍爲偶數句，奇數句也依然是奇數句，內部的節奏亦不會因此而產生本質性的變化，故此處毋須特別詳加標舉及說明。

除了領調字的帶引會改變節奏的頓斷方式外，人爲的特意安排亦將使得音節節奏產生變化，此由上述所列舉之意義節奏吞併音節節奏的例證即可看出。這種刻意形成的變化於古體詩與近體詩中皆能得見，詞中有此現象也自在意想之中，並非詩歌史上驚人之創舉。但因爲音樂爲詞、曲之生命，句式與音節之關係要較其他的詩歌體式來得更爲密切，因此，句式上五言句之斷爲 3、2、六言句之爲 3、3 與七言之爲 3、4 的情況則較爲常見，亦可固定化爲格律中的一式，是故本應作 3、4 停頓者若作 4、3 之斷讀即爲失律、破格。詞例如五言句：

靠闌干、無力（廖世美〈好事近〉）

總不堪、華髮（韓元吉〈好事近〉）

牡丹花、落盡（杜安世〈朝玉階〉）

六言句如：

　　無人會、登臨意（辛棄疾〈水龍吟〉）

　　山中路、無人到（王沂孫〈水龍吟〉）

　　愁只是、人間有（晁補之〈水龍吟〉）

七言句如：

　　臨斷岸、新綠生時（史達祖〈綺羅香〉）

　　想佳人、妝樓顒望（柳永〈八聲甘州〉）

　　夜茫茫、重尋無處（蘇軾〈永遇樂〉）

　　若如此斷分，則五言句之句式成爲3、2，細分爲1、2、2，屬於四言的2、2型；六言之3、3可以看作兩個三言句，屬於五言2、3式的節奏類型；七言的3、4式則屬於四言的2、2模式。此外，八言句的特殊變化主要來自於領調字的使用，此已於上文中做過一番陳述，此不再贅言；九言句則或斷爲3、6式（如「浪淘盡、千古風流人物」蘇軾〈念奴嬌〉）或爲4、5式（如「不知我輩可是蓬高人」賀鑄〈小梅花〉），不論如何破斷，若非屬2、2、2的六言句型，則終將歸於五言的2、3模式。

　　由於上述兩種情況的出現，奇偶字數與句式之間已爲不相密合的兩種句子概念，並時有交叉、混疊之處，因此在掌握句子的型態上，已不能自字數的多寡率然判分，而需自各句的基本節奏型態重新理解該句的構造形式。句子的基本構造型態，雖嚴格區分可有四種最常見的型式，但大體來看，實際上可以歸納成2、2式與2、3式兩種基本類型，前者可稱之爲雙式句，後者則可名之爲單式句。單、雙式的句型與字數的多寡無關，並主要取決於句式的最末一個音節：2、3式或4、3式的最末一個音節都是單數，故稱爲「單式句型」；2、2式或2、2、2式的最末一個音節都是雙數，故稱爲「雙式句型」。〔註19〕

〔註19〕此處之說明亦主要依據呂正惠先生《詩詞曲格律淺說》之見，復參鄭騫先生〈論北曲之襯字與增字〉以及曾永義先生〈中國詩歌中的語言旋律〉重新加以簡省、增刪而成，而「單式句」與「雙式句」

（三）句式與風格

「單式句型」與「雙式句型」的句式觀念既已於上所明，此處所欲進一步指述者，茲爲這兩種不同的句型所各自具涵的個殊風格。意及句式之別而對其各具不同的風格面貌有所體會者實不乏其人，談論最多，所論也最清楚的莫過於詳明單式句與雙式句之別的鄭騫先生，其於〈論北曲之襯字與增字〉一文中指出：

> 單式句，其聲「健捷激裊」；雙式句，其聲「平穩舒徐」。吾儕讀楚辭與詩經，覺其音節韻味迥然不同，即緣楚辭單式句多，而詩經雙式句多之故。

文中在具體列舉詩、騷以及詞、曲之例證後，復又總論之：

> 不僅詩騷詞曲，他如參差錯落之散文，整齊平衡之駢文，莫不如此。單式句讀之有跳動之立體感，雙式句有舒展之平面感，是爲中國一切文體之共同情形，但曲之音樂性特強，句式之必分單雙更爲必要爾。」〔註20〕

此文乃鄭氏於民國六十二年據其三十九年發表於《大陸雜誌》第一卷之〈北曲格式的變化〉一文所增改而成的中篇論文，其中句式風格之部分雖爲前文所未見，但此觀念之成形其實甚早，可追溯至其於民國四十三年函授中華文藝學校之〈再論詞調〉一文，文中表示：

> 但同是長調又有快慢之分，這要看句式之單雙，而不在字數之多少。三五七言的謂之單式句，二四六言的謂之雙式句。一個調子，單式句多了就快，雙式句多了就慢。……尤其是每段末一句之爲單爲雙，更有關係，」〔註21〕

而同年發表於《中國文化論集》中之〈詞曲的特質〉一文中亦指出：

> 多數詞調的組成，都是雙式句比較多，單式句比較少。……這種雙多單少的配合方式，使詞的音律舒徐和緩，不近於

　　之說法首由鄭騫先生所提出。
〔註20〕參見鄭騫，〈論北曲之襯字與增字〉，《幼獅學誌》，第十一卷，第二期。
〔註21〕參見鄭騫，〈再論詞調〉，《景午叢編》，頁97、98。

立體而近於平面。這是構成陰柔美的條件之一。〔註22〕

由此數段文字可以看出：鄭騫先生對於詞作陰柔特質之形成與句式風格之殊異的體會不可謂之不深，且長年以往，觀念始終如一，並持續精進、擴大體驗之範圍。

稍後，曾永義先生於鄭騫先生八十壽慶所發表之〈中國詩歌中的語言旋律〉一文，論及詩歌中的音節形式時，不僅在句式觀念上一本鄭騫先生之說法加以推擴之，即對於句式風格之掌握亦肇端於鄭氏之說法而進一步地予以深化，其指出：

> ……。而就音節來說，則有單、雙二式。單式健捷激裊，雙式平穩舒徐；以人的行走來比喻：單式猶如獨足，故動作跳躍；雙式猶如雙足，故動作平穩。句式單雙的配合，是詞曲以音步停頓之長短快慢見旋律之抑揚頓挫的要素。一調如純用單式句，則節奏顯得流利快速；如純用雙式句，則節奏顯得平穩緩慢；單雙式配合均勻，則節奏屈伸變化，韻致諧美。調字數如果相近，則單式句多者節奏較快；雙式句多者，節奏較緩。……〔註23〕

曾氏由單式句與雙式句之風格殊異延及詞、曲調式之純用單式、純用雙式的風格差別，再至二式疊現於同一作品中，從主要旋律之別以見其互異的風格面相，其論述之過程脈絡清晰、層次井然，而其間單、雙足之譬喻尤爲精妙。

余毅恆先生於一九四三年初草、後經幾次增修、刪訂而成的《詞筌》一書，在第四章「詞的音律」與第六章「詞的結構和句式」處論及詞之音韻、節奏風格時，亦提出了類同於鄭、曾二氏之觀點，惟其率常以奇、偶字數言句式，而當論及其間的音節配置方式時，則以「單句」、「駢句」稱述之。他在文中分別指出：

> ……陳廷焯於《白雨齋詞話》中批評此調（〈六州歌頭〉）：

〔註22〕參見鄭騫，〈再論詞調〉，《景午叢編》，頁59。
〔註23〕參見曾永義著，〈中國詩歌中的語言旋律〉，《詩歌與戲曲》，頁29、30。

「淋漓痛快，筆飽墨酣，讀之令人起舞。」這個詞調基本
上是三字句，平仄多拗怒，韻位較密，韻調高亢。故繁音
促節，一氣旋折而下無能停頓，最適合表達豪壯激烈的思
想感情。……

………一首詞中多用三、五、七言句式相間的，曲詞情調
必激越高亢，多用四言、六言排偶的，曲詞情調必平穩安
詳。……

……大抵一、三、五、七之句多揚，二、四、六之句多抑，
這是一片中的抑揚。一句之中上下之連與斷，也有一定，
如五言之上一下四，或上三下二。六言之上二下四，或一
字領頭，或三字折腰。七言之上三下四，或上四下三。其
間有單句在下者爲揚，駢句在下者爲抑。……〔註24〕

　　第一段結合了句式、平仄、韻腳等音律要素，整體地說明〈六州
歌頭〉之所以呈現繁音促節之聲情的原因，雖非直就句式之異以言風
格之殊，但由文中亦能得知三言句之句式有助聲情之快速激宕。二段
則較爲集中的指陳了奇數句與雙式句或激越高亢、或平穩安詳的情調
特徵。此乃余氏之於「詞的音律」一章中對詞中句式風格之討論，因
其專論音律，故言句式之種類時，只大抵別分了奇、偶字數之異，肆
其論「句讀」時（第三段文字乃其在論「句讀」之際所提出），則進一
步的區分了「單句」與「駢句」之句式型態，以「單句」在下時，詞
作的情調特徵是昂揚的，若「駢句」在下，則將呈露低抑的風格特色。

　　三人之體會，雖所譬況之語言文字以及述及層面之繁略不甚相
同，但就句式與風格呈現之核心觀念而言，基本上是沒有太大出入
的。以三人之體會爲據，則我們可以作出如下的假設前題與擬測可能
之結果：詞之陰柔曼妙、音節輕飄的特性對於才性宜於曲折宛轉的詞
人，雙式句之柔媚正足以見其特質之精蘊；而對才情豪曠、英氣四揚
的詞人，於陰柔之大風格下，音節快速、一氣直下的單式句，則正能

─────────────

〔註24〕參見余毅恆，《詞荃》，頁 128、130、203。

於婉約之中適時地釋放其無所覊勒之情性。因此，東坡與稼軒則將於意料中選擇以單式句爲主之詞調以抒天才、英雄之情志；而耆卿與清真亦將適如其反的大量擇取以雙式句作爲主旋律之調式以盡其創調之音樂天份與婉曲之才情。

三、柳、周、蘇、辛在句式運用上所展現的殊異情調

（一）小令與長調之句式主調以及各家填作趨向

小令與長調之句式節奏，型態雖有全單、全雙以及單、雙參半等各種類別，但大抵而言，小至一首詞牌，大至小令與長調之不同體式，皆各有其基本句型。就小令與長調的差異而論，呂正惠於《詩詞曲格律淺說》一書中指出：

> 在小令裏，雖然也有以雙式句型爲主調的，甚至有整首雙式句的，但無疑的，以單式句爲主的詞調要佔絕對多數。小令以五、七言句式爲主，這就證明了它和五、七言律、絕的密切關係。相反的，長調就完全以雙式句型爲主，只有非常少數的詞調是以單式句爲重心，如水調歌頭和歸朝歡。〔註25〕

即此，本節可先就小令與長調體式之異，概論四家句式風格之異。即如上節統計之結果，東坡詞中有二百八十五首小令，共占全詞百分之八十五；稼軒詞則有四百四十一首小令，占全集的百分之六十六。由此觀之，二人廣爲試作以單數句爲主之小令，正主導了整體詞作之於句式上激宕飛揚的風格走向，而此句式之快速流暢的特質正與二人豪曠灑落之詞風相互一致。再觀柳詞，則長調的填作率爲百分之六十四，共計一百三十八首，正如我們所擬測的：精通音律，且詞風旖旎的柳永即大量的以雙式句爲主之長調表現宛轉柔媚之風格。

反觀周詞，雖其詞風亦以曲折軟豔爲主要趨向，但就小令、長調的創作數量來看，百分之五十三與百分之四十七的比例，昭示了其詞

〔註25〕參見呂正惠，《詩詞曲格律淺說》，頁92。

作之體式仍以小令爲多，故其之於句式上的風格表現應是徐緩、昂揚並見的，與其主要風格並不一致。但是如果我們再進一步作一番仔細的檢索，便可以發現：其中許多屬於小令的作品，其性質實在頗爲接近「中調」，亦即字數乃在八十字邊緣，句數長短不僅與律絕差異甚多，句式之主調亦非以單式句爲主。如〈隔浦蓮近拍〉與〈荔枝香近〉，一爲七十三字，一爲七十七字，句式則或是上片以單式句爲主，下片以雙式句爲主（前作句式爲 6、5、5、3、3、5、3、3／3、4、6、4、6、7、2、6），或是單、雙並見（後爲 6、3、6、5、6、5、9／3、3、3、4、6、4、4、3、6），故節奏屈伸變化，韻致諧美。除了與「中調」相近之詞作有此現象外，小令中亦多此種單雙並見之調式，集中之詞例尚有〈品令〉、〈秋蕊香〉、〈感皇恩〉、〈紅羅襖〉、〈減字木蘭花〉、〈關河令〉、〈醜奴兒〉，共計十三首；另外如〈側犯〉一調則七十三字，以雙式句爲主（句式爲 4、4、3、2、8、5、5、2、3、5／4、5、3、3、3、4、4、2、6），呈現了平穩緩慢之聲情特質，而不論接近「中調」也好，或字數與律絕相近之小令也好，《清眞集》中此種以雙式句爲主的小令尚有〈傷情怨〉、〈玉團兒〉、〈少年遊〉、〈一剪梅〉、〈鵲橋仙令〉、〈解蹀躞〉、〈垂絲釣〉、〈紅窗迥〉、〈柳梢青〉，共計十三首，此二種現象相加，共爲二十六首。若我們將此二十六闋除去，則全集中以單式句爲主之小令只剩七十七首，只占全詞百分之三十九，故就句式而言，以單式句爲主之快速流盪的風格已無法主導詞集風格之走向，故其對於以徐緩之雙式句風格爲主之詞作體式的選擇，與其詞作宛轉綢繆的基本風格是互爲應合的。

　　此等小令中單、雙句式並見，或以雙式句爲主的詞牌於蘇、辛詞中不易得見，如蘇詞中只見〈鵲橋仙〉三首，而詞集中其他以雙式句爲主或單雙並見之詞調有：〈行香子〉七首、〈翻香令〉一首、〈河滿子〉一首、〈訴衷情〉三首、〈謁金門〉三首、〈殢人嬌〉三首、〈桃源憶故人〉一首、〈清平樂〉一首、〈昭君怨〉一首、〈減字木蘭花〉二十八首、〈西江月〉十四首，共計六十六首；除去此六十六首，其他

以單式句爲主之小令尚有二百一十九首,仍有高達百分之六十五之比例。而辛詞中則見〈柳梢青〉三首、〈醜奴兒〉八首,而不同於周詞中之詞牌,亦以雙式句爲主或單雙並見之詞調有:〈昭君怨〉三首、〈減字木蘭花〉三首、〈一落索〉二首、〈清平樂〉十七首、〈朝中措〉六首、〈河瀆神〉一首、〈西江月〉十七首、〈尋芳草〉一首、〈一剪梅〉五首、〈行香子〉五首、〈粉蝶兒〉一首,共七十二首;其餘之小令則皆以單式句爲主,加減過後仍有三百三十九首、百分之五十四的比例,依然超過半數,且尚不論二人長調中還有甚多以單式句爲主之作品。由此可見,屬於豪放派之詞人,其所以善塡小令,除了形式上近於詩作、轉調上展現激昂的聲情特徵外,亦與句式上所透顯之快速流利的聲情相關。而反觀講究音律的柳、周,則喜好塡作極具陰柔之美之以雙式句爲主的調式。此種特徵,除了從小令、長調上互異的塡作闋數得見外,亦能自各人塡作的長調中,其句式上主要節奏之爲雙或爲單清楚得見。

(二)由長調之句式變化見各家句式風格

　　小令、長調之別與句式風格之關係既已於上所明,此處所欲闡明者乃爲長調句式之變化與各個詞人於此間所展露的殊異風貌。如前文所言,鄭騫先生於此處之體會甚爲清晰而深刻,因此他對各家詞人之句式風格亦曾作過一番初步的觀察。鄭氏於〈詞曲的特質〉一文中指出:

> ⋯⋯。絕大多數的詞調,都是由單式(三五七言),雙式(二、四、六言)兩種句法合組而成。完全單式句的詞調像玉樓春,完全雙式句的像十二時,占極少數,而且都只是小令。這樣單雙句式相配合的組織,造成了音律的合諧。尤其要注意的是:多數詞調的組成都是雙式句比較多,單式比較少。越是講究音律的詞家所常用的調子越是如此,音樂性越高的調子越是如此。這種雙多單少的配合方式,使詞的音律舒徐和緩,不近於立體而近於平面。這是構成陰柔美

的條件之一。自然詞調的音律也有縱橫跌宕，近於立體不近於平面的，如〈水調歌頭〉、〈歸朝歡〉這兩個調子，他們之所以縱橫跌宕，正因為其中句式單多雙少，但像這樣的調子，不僅在詞調裏占少數，而且只有稱為豪放派不甚拘音律的詞人才用，蘇東坡、辛稼軒兩個人合計起來，有四十首水調歌頭，五首歸朝歡。柳耆卿、秦少游、賀方回、周美成、姜白石、史梅溪、吳夢窗、張玉田、王碧山、周草窗，十個人合計起來，兩調不及十首。〔註26〕

站在這個觀察角度上，我們可以依其方式全面檢索各個長調單、雙句式的搭配方式，並觀察各家的選用概況與風格傾向。在說明之前，我們仍要先透過表格之形式呈現統計結果。表中標舉之詞牌以《唐宋詞格律》一書中所列舉的長調為限，而以下三種詞牌則不在標示之列：一，姜夔自度曲（時代晚於四人）；二，如〈八聲甘州〉、〈黃鶯兒〉、〈蘭陵王〉、〈渡江雲〉等單式句與雙式句錯落疊現，不易拈出主調的詞牌者；三，四人皆未加以援用之詞牌。

△以單式句為主之詞牌與四家之創作數量

	柳　永	周邦彥	蘇　軾	辛棄疾
六州歌頭	0	0	0	2
驀山溪	2	3	0	2
滿江紅	3	1	5	34
賀新郎	0	0	1	23
水調歌頭	0	1	4	37
歸朝歡	1	0	1	4
醉翁操	0	0	1	1
總　　計	6	4	12	103

除了鄭騫先生舉出的〈水調歌頭〉、〈歸朝歡〉兩個調子之外，我們於常見的詞牌中尚可尋得〈六州歌頭〉等五個單多雙少的調式。比

〔註26〕參見鄭騫，〈詞曲的特質〉，《景午叢編》，頁59。

之以雙式句爲主的調式，單式句調式的數量果如鄭氏所云「在詞調中占極少數」，而就使用率來說，屬於豪放派詞人的蘇、辛，於此五調式上的創作數量合計起來，有一百一十五首，而柳、周二人合計起來僅有十首，不及蘇、辛詞例的百分之十。可見講究音律的柳、周皆不喜塡作此種縱橫跌宕、單多雙少的句式，而仍擇音樂性高的調子作爲創作的主要形式，亦知二人對詞體之認識與掌握是婉柔而非剛健的，而此軟媚的詞風正緣於宮商曲律的音樂性質。接下來，我們再看看各家於雙多單少之調式上的取捨。

△以雙式句為主之詞牌與四家之創作數量

	柳　永	周邦彥	蘇　軾	辛棄疾
木蘭花慢	1	0	0	5
滿庭芳	0	1	6	4
念奴嬌	0	1	2	22
洞仙歌	3	0	2	7
永遇樂	2	0	3	5
玉蝴蝶	1	0	0	2
摸魚兒	0	0	0	2
浪淘沙慢	1	2	0	0
雪梅香	1	0	0	0
漢宮春	0	0	0	0
錦堂春慢	0	0	0	0
憶舊遊	0	1	0	0
望海潮	1	0	0	0
沁園春	0	0	1	13
燭影搖紅	0	1	0	0
法曲獻仙音	1	1	0	0
聲聲慢	0	0	0	4
醉蓬萊	1	0	1	0

雨霖鈴	1	0	0	0
拜星月慢	0	1	0	0
戚　氏	1	0	1	0
水龍吟	0	1	6	13
瑞鶴仙	0	2	0	3
宴清都	0	1	0	0
齊天樂	0	2	0	0
夜半樂	2	0	0	0
渡江雲	0	1	0	0
六　醜	0	1	0	0
望遠行	2	18	0	0
總　計	18	16	22	80

　　柳永之長調共有一百三十八首，但此中所列之詞例僅只十八首，填寫之詞牌亦只十三種，似無法以之與其他三家作一比照。此因長調至柳永手中，仍處於新興之階段，柳永所用之詞牌，後世不斷地沿承並廣爲填作者並不多見，是以柳詞詞牌種類雖多，但其他三家所用詞牌中與之相同者並不多見。雖則如此，但若我們翻檢一下《樂章集》，便可以發現其中長調仍以雙式句爲主，如〈送征衣〉之句式爲：3、4、4、6、6、2、3、4、4、7、6、7、5／6、6、6、4、2、3、4、4、7、6、7、5，其中上片的第十句與第十二句，下片之第九句與第十一句，七言句皆以領字帶起，爲1、6斷法，是爲雙式句，因此此詞幾乎全爲雙式句。

　　周詞亦同此，其長調共計六十二首，但此處二類詞牌相加，不過二十首。然而其他清眞所用之詞牌，後世詞人以及蘇、辛極少重覆使用者，而《清眞集》中不見於表中之長調詞牌，亦多以雙式句爲主，如〈還京樂〉之句式爲：3、9、5、4、4、5、7、3、4、4／5、4、4、6、6、3、4、8、4、5、6，其中上片第三句與第五句，雖爲五言句，但皆以領字帶起，所以應斷爲1、4，是爲雙式句；再如〈解連環〉，

句式爲：4、5、4、7、5、4、4、3、4、5、4、4／6、5、4、7、5、4、4、3、4、3、4、4，其中上、下片的第二句、第五句，五言句亦作1、4斷，亦爲雙式句集中類此作品仍多，是以其總計數量雖然甚低，但與實際的長調數量作一比對，便仍可得出二人之作仍以雙多單少之長調爲主；又且從二人往往以領字改變句式的情況來看，亦可以得見二人選用之調子音樂性甚高，詞風呈現勻整柔緩之特質。

以雙式句爲主調的詞牌中，柳、周有較高的嘗試性，好作各種不同之詞牌——同一個詞牌重覆出現四闋以上的情況並不多見；而東坡二十二首詞例中，〈水龍吟〉與〈滿庭芳〉則各塡了六首，超過全數之半；稼軒則選用了十一個詞牌，其中八個詞牌的塡作數量皆在四首以上，〈念奴嬌〉一式尤高達二十二首。可見蘇、辛二人在詞牌的選用上較柳、周二人來得集中些。此外，蘇、辛所選用的某些詞牌，雖以雙式句爲主，但由於具涵了其他利於表達豪放聲情特色的聲律條件，是以風格呈現與句式風格相背反之激昂豪壯的特徵。如〈念奴嬌〉一調，自句式來看，乃呈顯平緩舒徐之風格，但此調的整體詞風卻是激壯凄鬱的，此當與其宜作入聲韻用韻現象與音樂的節拍強弱相關。龍沐勛曾指出此調：

> 音節高抗，英雄豪傑之士多喜用之。俞文豹《吹劍錄》稱：
> 「學士詞，須關西大漢，銅琵琶，鐵綽板，唱〈大江東去〉。」
> 亦其音節有然也。……其用以抒寫豪壯感情者，宜用入聲
> 韻部。〔註27〕

再如〈沁園春〉一調雖爲雙式句，但卻有縱橫跌宕之風格特色，龍沐勛於此調下云：

> 格局開張，宜抒壯闊豪邁情感，蘇、辛一派最喜用之。〔註28〕

是以韻部的風格特徵如果過於強烈，或是其他更強的音律特質主導了詞風之走向，則句式上陰柔的風格特徵將消隱不彰。由於二調的

〔註27〕參見龍沐勛，《唐宋詞格律》，頁118。
〔註28〕同上註，頁55。

風格已非由雙句式主導而呈現陰柔之特色，因此柳、周於此二詞牌的創作量不高，合計只有一首，而蘇、辛於雙式句中反而偏好此種詞風之調式，合計起來共有三十八首，約占此類調式之二人詞例總合的百分之四十。由此復可得見豪放派詞人與婉約派詞人之於選調上的差異。

　　若再換個觀察方式，由同一個詞調中的句式演變著眼，亦可以得窺格律派詞人與非格律派詞人之殊異。如〈木蘭花慢〉一調，柳永塡作了二首，雖律格稍有不同，但皆以雙式句作爲主調，沿傳一久，至稼軒塡作時，以雙式句爲主調的基本型態雖然未變，但其中許多本爲雙式句者，多數已改爲單式句。如上片起始第一句，柳永一作「拆桐花爛漫」，一作「倚危欄佇立」，前爲一字領斷開之 1、2、2 的雙式句，後爲 3、2 之雙式句，但後句第一字「倚」在吟誦上如「拆」字，所占的時間較長較久，有綿延牽曳的性質。由此二字均爲仄聲且稍作停頓的音聲特色以及續接雙式句的句式型態來看，我們可以推知：第一個音拍在旋律上的聲響是強而重的，強重後立即轉趨舒徐輕緩，因此整支曲子的旋律乃由響亮立轉微弱，至「乍疏雨，洗清明」，再將音響加強——迅速轉弱／加強——再轉弱，此種起奏方式，節奏感甚強。雖音譜已沒，但由字辭之間，我們依然可以感受到高度的音樂性。反觀稼軒之作——「可憐今夕月，向何處，去悠悠？」——「可憐」作爲一個意義與音節上皆不可切割的節奏單位，與「今夕月」明顯地區分開來，成爲詩歌中常見的 2、3 單式句。如此一來，其原具之強弱頓歇俱皆明朗可辨的音樂性則泯滅不彰；句末的三言節奏復與後面兩個三言句串接，則語氣直奔而下，一變原初單雙並見的和諧抑揚爲健捷快速。下片之起句亦一改原有之雙式句（柳詞「盈盈，鬥草踏青」——2、4）爲單式句（「謂經海底問無由」，作 4、3 斷），語氣仍是一變屈伸諧美爲快速流暢。

四、小　結

　　呂正惠先生在《詩詞曲格律淺說》論及詞之句式變化一節中作結時曾指明：

……。因此長調和五、七言、絕的關係極小，幾乎是一種
全新的「詩體」，從詩的立場來看，小令只是五、七言律、
絕的「變體」，長調則完全另立規模，不只是作法上如此，
即使單從句式和節奏上來看也是如此。〔註29〕

　　如果我們將此段文字結合上一章所討論的韻格一併觀之，可以得
知：凡屬於轉韻之調者絕大數爲小令，東坡與稼軒的創作律均高。再
自句型上的單雙式來看，凡顯激昂調情之單式句者亦大量存在於小令
之中，此又提供了一項有助於展現豪壯情懷之條件，以供東坡與稼軒
選擇運用。緣此，二人詞中以小令爲多的現象說明了二人之於詞仍善
於選擇與近體律絕相近之形式以進行創作，雖在內容情志上的表現爲
詞開拓了一條新的道路，但在形式上只是承襲了律絕的「變體」，而
未能有所創新。反觀柳、周，即因二人存有創調定律的自我期許，因
此遂全力創制異於近體律絕之長調「新體」，但柳、周二人於類同之
中又有所異。由柳永之大量創制慢詞，至東坡又回頭擇取形式、表現
手法皆與律絕相近之小令，周邦彥之於小令與長調上相稱之創作數
量，正可見其齊集前人之創作成果，作一番折衷調和之用心。柳、周
二人，一有開創詞體格律之功，一則奠定了詞體格律之基本矩度，但
同在句式之選擇上，則二人相同，皆主要擇取雙多單少的調式進行創
作，因此，就句式的風格傾向而言，二人共同地沿承了自花間以來婉
約柔美之詞風，並進一步強化了詞體陰柔風格的基本趨向。

〔註29〕參見呂正惠，《詩詞曲格律淺說》，頁92、93。

第三章　意義結構——詞中對仗的空間效應

第一節　散行與駢行的自由抒寫空間

　　詩人有意識地利用對仗來營造詩歌的美學氛圍，並令整體結構有一「奇偶相生的俳儷之形」（葛兆光語），當是南朝詩人對於文學具有高度自覺性的又一表現。然而，「緝事比類，非對不發」〔註1〕的對仗風尚在南朝並未得到形式上的規範，進一步落實為詩歌的定格，因而六朝詩歌中的對仗句數可多可少，並無定則。葛兆光氏在《漢字的魔方》一書中，即曾以謝靈運、謝朓、庾信三人著名的詩作為例，說明三首詩中的對句過多過密，由於對句一抑一揚之句式反覆的次數太頻繁，遂使全詩產生了平蕪單調之弊。南朝詩人亦覺察到了此種現象，於是，從南朝初期至南朝後期，以對句寫景抒情的長詩逐漸減少，十句以下的詩明顯增多，到了唐代前期，四聯八句、中間二聯須得對仗的句型規範終於塵埃落定，成為創作「近體詩」之定矩。〔註2〕

　　對偶乃齊言詩之產物，因此兩句字數相等為對仗的必要條件之一。詞為長短句，每句字數不一定相等，因此必得逢上兩句字數相同

〔註1〕參見楊家駱主編，《新校本南齊書附索引》（台北：鼎文書局，1990），卷五十二「列傳第三十三・文學」，冊二，頁908。
〔註2〕參見葛兆光，《漢字的魔方》，第四章（格律：中國古典詩歌語言的圖案化結構）。

時，對仗才有可能。此外，律詩中之對仗有固定的位置，頷聯與頸聯必須要對，詞之句數隨詞牌之不同而異，自無首、頷、頸、尾段落上的區分，對仗的現象無法統一，亦無固定的位置。嚴格的對仗，另一個條件是平仄相對，詞則沒有此種範限，〔註3〕就此而觀，詞的對仗是較爲自由、不受拘束的。

以句式而論，有「單式句」與「雙式句」之分，二者分別我們在第二章論句式一節中已做過說明；此處與對仗現象相關的另一組術語是「單行」與「駢行」。如果句子在行進銜接之間出現對偶現象，即稱之爲「駢行」；若未出現對仗，則稱之爲「單行」。單行的句子與駢行的句子在風格上頗有差異，葉嘉瑩先生在《唐宋名家詞賞析④》中論蘇軾時說：

> （單行）裏邊沒有任何兩句是對句，它是一口氣說下來的，氣勢奔騰，滔滔不已，造成了一種聲勢。……他這開頭的幾個句子（指東坡〈永遇樂〉一詞），都是一駢一散、一駢一散這麼形式整齊地寫下來的，而不是一口氣奔騰直下的。從聲音和口吻上，這就已經形成了細膩婉轉的風格。〔註4〕

要言之，單行的句勢一氣流轉，洋灑澎湃；駢行的句子則一步一行、一行一頓，有紆節舒徐的雅致。前文多曾提及：詞中之須對仗處，詞人得遵守規定，至於其他部分，則無所拘限，詞人可以自行決定。由此觀之，律詩每首必得對仗，詩人所能決定者，只在首尾四句，然而因中間的兩組對偶已成駢行，首尾二聯若再出現駢行的句式，全詩的意象將流於壅塞蕪密，音節亦將過於窒滯板重，因此，律詩的句型絕大部分皆以「散行」—「駢行」—「駢行」—「散行」的樣態呈現。〔註5〕此種一揚一抑、一抑一揚的句式風格已格式化爲律詩的文體風

〔註3〕 參見呂正惠，《詩詞格律淺說》，第二章「近體詩的格律」；王力，《漢語詩律學》，《王力文集》卷十四，第三章「詞」。

〔註4〕 參見葉嘉瑩著，《唐宋名家詞賞析‧蘇軾》（台北：大安出版社，1988），頁94、95。

〔註5〕 參見葛兆光，《漢字的魔方》，頁135。文中，葛氏直接以「對仗」標

格，詩人可以選擇並加以變化的空間不大，因而各家風格上或婉約或奔騰的歧異，無法由對仗與否所肇致之聲吻上的流利或阻攔得見其端倪。反觀詞作，雖然有句數長短上之限制，不利於對仗現象的規範化，但正因其沒有過多的拘勒，遂適足以得見詞人情性上或細膩婉約、或豪邁奔放之表現。以〈永遇樂〉一詞而言，因散行與駢行的差異，東坡之作與辛棄疾之作便呈現了截然兩異的風格特徵。此一詞牌雖然一連二句字數相同的句式不少，已擁有對偶之條件，但實際上卻並沒有對仗上的規定，因此詞人可依喜好及需要創作。東坡之作上半片：

　　明月如霜，好風如水，清景無限。曲港跳魚，圓荷瀉露，
　　寂寞無人見。紞如三鼓，鏗然一葉，黯黯夢雲驚斷。夜茫
　　茫、重尋無處，覺來小園行遍。

　　在半闋詞中，東坡即用了三個對句，每個對句之後並皆以一個散句作為總結，在聲勢上形成了一駢一散、一駢一散的曲折韻致，不復有〈念奴嬌〉中「大江東去，浪淘盡、千古風流人物。故壘西邊人道是，三國周郎赤壁」一氣而下的滔滔語勢。再看稼軒之作的上半片：

　　千古江山，英雄無覓，孫仲謀處。舞榭歌臺，風流總被，
　　雨打風吹去。斜陽草樹，尋常巷陌，人道寄奴曾住。想當
　　年、金戈鐵馬，氣吞萬里如虎。

　　凡東坡作對偶之處，前兩個句段，稼軒皆是以一自然宇宙或人類文明的標記建築作為引起全句意旨，便於鋪陳的象徵意象，意象之後，隨之以二句抒發人事感慨。此二句自句讀上的停頓而言，可名之為句，然而就意義上的完整性而言，卻是一個主謂句與一個被字句的截割為二，既非兩個完好的意象，語意亦是倒置割裂的，此即構成了散行的現象，需得一口氣讀完，語意方能前後貫串。第三個句段，雖以兩個意象引帶出人事之概，意象之間似是眼看著可以對得工整、成為駢句了，但稼軒仍然書寫成散句，不作對偶之打算。

　　示律詩對稱而錯綜的句式，並未書以「駢行」二字，筆者為求文中用語之一致以及意脈的貫串，遂以「駢行」二字替換之。

如此一氣讀來，此詞散行流盪之口吻遂與壯志未酬，年華已老的悲慨志意互顯互彰、疊交爲一，呈現了其慣有之豪放潑灑的詞作風格。〔註6〕

由於選擇空間的擴大，詞人的個人特質以及對於文體風格的觀念，便很容易的在自覺與不自覺間流瀉於詞作的字裏行間之中。東坡在〈永遇樂〉一詞中所表現之「幽咽怨斷」的詞風，正異於一般人所習知的「天風海濤」（夏承燾語）之聲，展現了他性格中另外一番的細膩與婉轉；至於豪傑之氣縱橫難掩的辛稼軒，猶要以利於表達婉轉情思的詞牌逕抒梗慨橫放之志。詞作的風格遂在此種文體之相對自由與詞人的裁定上呈現了繁複多變的風貌，詞學上於是興起「婉約」與「豪放」的本色之爭及詞人的派別歸屬問題；在作家風格方面，也便有了人言言殊、橫看成嶺側成峰之現象。例如宋劉辰翁《須溪集》卷六〈辛稼軒詞序〉云：

> 詞至東坡，傾蕩磊落，如詩、如文、如天地奇觀，豈與群兒雌聲學語較工扭。然猶未至用經、用史、用雅頌入鄭衛也。〔註7〕

劉氏所見是東坡詞中的陽剛男性之美，而宋張炎《詞源》卷下〈雜論〉則說：

> 東坡詞，如水龍吟詠楊花、詠聞笛，又如過秦樓、洞仙歌、卜算子等作，皆清麗舒徐，高出人表，哨遍一曲，檃栝歸去來辭，更是精妙，周秦諸人所不能到。〔註8〕

又如周濟《介存齋論雜著》云：

> 人賞東坡粗豪，吾賞東坡韶秀。韶秀是東坡佳處，粗豪則

〔註6〕關於稼軒詞語言中所表現出的女性情思與女性語言之特質，葉嘉瑩先生於〈從花間詞的女性特質看辛棄疾的豪放詞〉一文中有頗爲精要的說明，可以參見。此外，葉先生於《唐宋名家詞賞析④》（頁95）中說：「〈永遇樂〉不管誰寫，開端都是駢偶的句子。」此言並不完全正確。

〔註7〕參見張惠民編，《宋代詞學資料匯編》（廣東：汕頭大學，1993），頁228。

〔註8〕參見唐圭璋編，《詞話叢編》第一冊，頁265。

病也。……〔註9〕

　　二者所見所喜乃大異於劉辰翁，爲東坡詞中的陰柔之美。詞學中
這種種殊異風格上的爭端之所以較詩來得明顯而熱烈，一則如葉嘉瑩
先生所言，就評論者的心理、文化涵養上看，詞作中蔚爲主流的美女
與愛情之題材，並不合乎傳統士大夫言志載道的詩歌價値標準，然而
此文學體式卻仍有其令人難以拒絕之美處，兩相矛盾之下，於是在詞
學批評中遂產生了無數的困惑以及爲解決困惑所形成的幾種辯護方
式。文中，葉先生亦歸納綜合了這幾種辯護模式：一是「將詞中語句
加以比附，而推衍爲他義的一種辯護方式」；二爲「將詞句分別爲雅正
與淫靡二種不同之風格，而以雅正自許的一種辯護方式」；三是「以詞
中語句爲『空中語』而強爲自解的一種辯護方式」。〔註10〕若是我們以
這三種辯護模式爲尺規，丈量前處所列舉之詞話，便可推言：其中以
雅正風格自許的評論者自是會傾向於賞愛東坡詞中近於詩歌題材與詩
歌特質的風雅之作；而知詞自有本色，並能於其中語句讀出若似騷人
假語寄意之訊息者，則亦將自然地偏愛東坡詞中婉轉曲折之作，風格
之爭，於焉產生。二則，撇開評論者的意識形態不談，若我們從詞體
本身的文學特質與詞人性格情意的多元性與豐富性來看，由於詞的體
式非如律詩般，只是千篇一律的整齊對稱，因此詞牌格式的多種變化
實則提供了詞人各顯特質的外在形式載體。在聲律上，詞或許較律詩
來得複雜而嚴格，對於不慣音律、不習規矩的詩人而言，詞處處皆是
荊天棘地的蹇澀，但只要一跨過聲律格式的門檻，詞中卻蘊藏了縱躍
自如的寬廣洞天，即如唯一對稱而呈現平衡之美的對仗，便有頗爲開
闊的空間供詞人自由舒卷。廣袤之門一啓，風格豈能不隨詞人之性情、
因際遇而生發的萬端感懷，上下蹦躍而自如？

〔註9〕 參見唐圭璋編，《詞話叢編》第二冊，頁1633。
〔註10〕參見葉嘉瑩，〈論詞學中之困惑與《花間》詞之女性敍寫及其影響〉，
　　　　收錄於繆鉞、葉嘉瑩著，《詞學古今談》（台北：萬卷樓，1992），頁
　　　　442、443。

第二節　詞中對偶樣態之「變化美」與清眞之調整修正

歐陽修在《新唐書》卷二○二中描述近體詩的演變時，曾說：

> 沈約、庾信以音韻相婉附，屬對精密。及（宋）之問、沈佺期，又加靡麗，回忌聲病，約句準篇，如錦繡成文。〔註11〕

王世貞在《藝苑卮言》卷四中概論近體詩的形成時，亦云：

> 六朝之末⋯⋯偶儷頗切，音響稍諧，一變而雄，遂爲唐始，再加整勵，便成沈、宋。」〔註12〕

此二者在論及近體詩的形成時，皆以音韻與對仗並舉，可見得音律與對偶是近體律絕之得以成立的必然要素。詞中的對仗雖非詞體成立的必要條件，但以其仍爲固定格式之一部分，歷來的詞評者在論及詞之作法時，亦不曾鬆手放過，如明人俞彥在《爰園詞話》中說：

> 詞中對句須是難處，莫認爲襯句。正唯五言對句，七言對句，使讀者不作對疑，尤妙。此即重疊對也。〔註13〕

清人孫麟趾於《詞逕》一書中也說：

> 詞中四字對句，最要凝煉，如史梅溪云：「做冷欺花，將煙困柳。」只八個字已將春雨畫出。七字對貴流走，如夢窗〈倦尋芳〉云：「珠珞香消空念往，紗窗人老羞相見。」令人讀去，忘其爲對乃妙。〔註14〕

近體律絕，每句字數相等，若以每句的字數來分，不爲五言詩即爲七言詩，因此，詩中的對仗，也便只有五言對句與七言對句兩種，不論作如何的重疊、救尾、隔句相對等變化，在形式上，總只能是同形而均衡的對稱之美。詞體則饒富曲折與變化之姿，一變詩的勻稱與平衡。詞既爲長短句，其中的對偶遂隨句式之長短而有多種樣式，除了五言對句、七言對句與孫麟趾所提到的四言對句之外，尚有三言對

〔註11〕參見楊家駱主編，《新校本新唐書附索引》（台北：鼎文書局，1989），冊七，頁 5751。
〔註12〕參見《中國歷代文論選》，中冊，頁 255。
〔註13〕參見唐圭璋編，《詞話叢編》第一冊，頁 403。
〔註14〕同上註，第三冊，頁 2554。

如「花露重，草煙低」（歐陽修〈阮郎歸〉）；六字對如「寶髻鬆鬆挽就，鉛華淡淡妝成……相見爭如不見，有情還似無情」（司馬光〈西江月〉）；同一闋詞中有四言對，亦有五言對，如「燒色回青，冰痕綻白……縱寒不壓葭塵，應時已鞭黛土」；字數長短伸縮的隔句互對（詞詞評中又稱「扇面對」），如「欲往鄉關何處是，正水雲浩蕩連南北。欲待忘憂須是酒，奈酒行欲盡愁無極」。由於詞中的領調字爲詞體所專有之特殊結構，因此詞中便也時見帶有領字之乍見字數不等的對句，如「奈新燕傳情，舊鶯繞舌」（程坷〈玉漏遲〉）、「漸酒空金榼，花困蓬瀛」（秦觀〈滿庭芳〉），此種領字帶起之對句以四言對爲多，其他字數之對句則較爲少見。

《清眞集》中以領字帶起之對句，以上五下四的樣態最爲常見，如：

> 「又、酒趁哀絃，燈照離席」
>
> 「愁、一箭風快，半篙波暖」（皆〈蘭陵王〉）
>
> 「似、楚江暝宿，風燈零亂」（〈鎖窗寒〉）
>
> 「正、玉液新篘，蟹螯初薦」（〈齊天樂〉）

亦有上六下四者，此是以二字之領字帶起之四字對，如：

> 「還見、褪粉梅梢，試華桃樹」（〈瑞龍吟〉）
>
> 「堪嗟、清江東注，畫舸西流」（〈渡江雲〉）

或上五下三，以二字領字帶起三字對，如：

> 「怎向、言不盡，愁無數」（〈感皇恩〉）

上六下四，以二字領字帶起四字對者：

> 「爭如、盛飲流霞，醉偎瓊樹。」（〈黃鸝繞碧樹〉）

扇面對者則有：

> 「蜀絲趁日染乾紅，微暖口脂融。博山細篆靄房櫳，靜看打窗蟲。」（〈月中行〉）
>
> 「風鬟霧鬢，便覺蓬萊三島近……廣寒丹桂，豈是天桃塵俗世」（〈減字木蘭花〉）

三字對者：

「好風浮，晚雨收」（〈長相思〉）

「梅雨霽，暑風和」（〈鶴沖天〉）

四字對者：

「蟬咽涼柯，燕飛塵幕」（〈法曲獻仙音〉）

「聒席笙歌，透簾燈火」（〈少年遊〉）

五字對者：

「畫燭尋懽去，嬴馬載愁歸」（〈紅羅襖〉）

「金花落爐燈，銀礫鳴窗雪」（〈滿路花·詠雪〉）

六字對者：

「塵暗一枰文繡，淚溼領巾紅皺」（〈宴桃源〉）

「那堪飄風遞冷，故遣度幕穿窗」（〈紅林檎近·詠雪〉）

七字對者，如：

「簾烘樓迥月宜人，酒暖香融春有味」

「桃溪不作從容住，秋藕絕來無續處」（並〈玉樓春〉）

一闋中，五字對與六字對並列者：

「風雪驚初霽，水鄉增暮寒。樹杪墮毛羽，簷牙挂琅玕。

才喜門堆巷積，可惜迤邐銷殘。」（〈紅林檎近·雪晴〉）

一闋中，五字對與三字對並列者：

「低鬟蟬影動，私語口脂香。蓮露滴，竹風涼」（〈意難忘〉）

《清真集》中的對仗樣式種類繁多，其中以一字領的四言對句、四言對、五言對、七言對爲最多，比之柳永《樂章集》，《清真集》中的對偶頻率高出柳詞甚多。《樂章集》中的對句，以四言對句與六言對句最爲常見，其次是三言句，四言對句並率常出現在前闋的起首二句，至如五言對與七言對則不多見；至於領字之下的對句，十中只見一二，仍以四言對與六言對爲多。再較之《東坡樂府》，其中對句，小令之中以五言對與七言對爲大宗，出現的頻率極高，遠遠超過長調中的四字對與三字對；至於由領調字所領起的對句，因隨

東坡詞中領調字之少見，出現頻率大幅降低，〈戚氏〉一詞，上下兩片總計有四個領調字，只「正」字之下隔著「迢迢麗日」一句所領起之四字對「玄圃清寂，瓊草芊綿」勉強能算得上數，其他三個領調字，所領起者皆為散行之句。〔註15〕此外，東坡詞中尚有以領字帶起三個互相對稱之句的現象，如「過沙溪急，霜溪冷，月溪明」、「但遠山長，雲山亂，曉山青」（〈行香子·過七里瀨〉）。這種句式嚴格說來，只能算是排比句，而非對句，歷來作〈行香子〉一詞者，上下片的結句大抵皆作此種排比的句法，〔註16〕可見得這已成為一種約定俗成的排比「準格式」，但卻並非固定的對仗格式或是意之所至，精心雕就的對句現象。

　　詞若果是一種先天決定於音樂曲律並後天為詞人抒發心中微邈、近於女性特質之情意之所需的長短錯綜、看似破碎散亂的文學體式，〔註17〕那麼，《樂章集》中的五言對句與七言對句之所以不及清真詞與東坡詞來得多，正因作為詞之體式由小令走向長調、與詩體正式分立的關鍵人物，柳永在全力創制慢詞的情況下，所欲掌握者乃是詞隨音樂性而有並且異於詩的文學形式，其中縱有借助於近體律絕之處，也要將其區分開來，以確立詞體獨立而不類同於他體之文學形式。蘇軾則喜作與詩相近之小詞，例如《後山詩話》說：「退之以文為詩，子瞻以詩為詞」；〔註18〕宋·胡仔《苕溪漁隱叢話》前集卷四十二引《王直方詩話》云：

　　東坡曾賀所作三詞示無咎文潛曰：「何如少游？」二人皆對

〔註15〕此三個由領字所領起的句段分別為：「命雙成奏曲醉留連」、「漸綺霞天際紅深淺，動歸思迴首塵寰」、「望天宅路，依稀柳色，翠點春妍」。

〔註16〕如秦觀之作：「有桃花紅，李花白，菜花黃」、「正兒啼，燕兒舞，蝶兒忙」，參見〔宋〕秦觀著、徐培均校注，《淮海居士長短句》（上海：上海古籍，1992），頁152。

〔註17〕參見葉嘉瑩〈從花間詞的女性特質看辛棄疾的豪放詞〉，《詞學古今談》，頁464。

〔註18〕參見《後山詩話》，〔清〕何文煥輯，《歷代詩話》（北京：中華書局，1992），頁309。

云：「少游詩如小詞，先生小詞似詩。」〔註19〕

爲了「一洗綺羅香澤之態」（陳廷焯語）、推闊詞體本有之狹窄、單一的風格趨向，在內容情意方面，東坡詞作固然多所突破；即令形式上，爲配合抒寫之題材，東坡亦不惜變體、破體，將詩之特徵引進詞中。因此在東坡手中，詩詞界線有模糊化之傾向：長調中領調字與由領調字領起之對句的減少並六字對的少見、小詞中五言對、六言對與七言對的頻頻出現等，無一不在顯示蘇詞的漸離本色、行近詩的地界國度，詞至此，或許容有更寬廣的創作空間與新的生命契機。然而周邦彥站在審音度律的合樂角度、文學辨體的基點上，在對仗方面作了綜合性的修正：在小詞的創作上，清眞並不排斥作五言對句與七言對句，但數量上畢竟較東坡詞來得少，以字數條件無礙，可作對句之〈南歌子〉爲例，東坡塡寫了十七首，其中即有十一首上下兩片的起句皆爲對句；反觀清眞，只塡了三首，三首中有兩首上下片的起句皆對，撇開此中一闋詞，可對之處出現了散句現象不論，即令此三首詞上下片的起句對仗盡皆工整，也只有六組對句，與東坡〈南歌子〉中至少二十二組以上的對句仍然無法相提並論。再看小詞中清眞塡作闋數最多的〈浣溪沙〉（共計十首），只有五闋詞上下起句皆對，十闋詞中總計十三組對句，東坡所塡的〈浣溪沙〉，闋數高達四十八首之多，其中，即使每闋只出現了一組對句，四十八對十三，數量上的多寡勝負仍是判然可分。至如長調，由《清眞集》中領字句所帶起之對句現象的增多、一字領、二字領、三字領與三言對、四言對的交錯搭配、一闋中不同字數之對句的並陳、字數參差之扇面對的嘗試等構設，我們遂能得見：詞至清眞，除了音律上的謹嚴回歸之外，在對偶上，既納律絕詩體的創作經驗於詞中，復調轉了東坡詞作漸近於詩的形式走向。易言之，清眞詞於對句創構上的貢獻有二：一方面，既是令詞體有了更多平穩對稱之歷史存跡，促使詞體在形式上有了雅化的依據；

〔註19〕參見張惠民編，《宋代詞學資料匯編》（廣東：汕頭大學，1993），頁7。

另一方面則是透過詞體領調字的特殊結構，掌收均齊莊重於一字逗、兩字逗的變化之中，不必依賴偶句與散句的互見，便能於對偶之中保存了詞句上散碎性、女性化的語言樣態。

第三節　詞中「正」、「反」對的意義結構與清眞之守成

歷來詩話、詞話中的對偶名目繁複多變，意旨往往不容易確切的掌握，如據《詩人玉屑》的記載，初唐時人上官儀曾提出「六對」與「八對」之說，其中「六對」包括「正名對」、「同類對」、「連珠對」、「雙聲對」、「疊韻對」、「雙擬對」，「八對」則是「的名對」、「異類對」、「雙聲對」、「疊韻對」、「聯綿對」、「雙挺對」、「回文對」、「隔句對」；〔註20〕《文鏡祕府論・東卷・二十九種對》則記載了二十九種名目不一的對仗方式，其中部分與「六對」、「八對」中所錄之對名相同，如「的名對」、「隔句對」等，更大部分是「六對」與「八對」中未見之名稱，如「交絡對」、「背體對」、「賦體對」等。〔註21〕除詩中須言對仗之法外，詞中的對偶亦須講究，清人沈雄於《古今詞話・詞品》卷上即云：

> 周德清曰：作詞十法，始即對偶，有扇面對、重疊對、救尾對。……牛嶠之望江南，「不是鳥中偏愛爾，爲緣交頸睡南塘」，其下可直接「全勝薄情郎」，此即救尾對也。〔註22〕

觀沈氏此言之上下文，「救尾對」的具體意思大約是：以景物之對稱描寫，透過其與人事情感性質上的相互類似或對比，順當的帶出情意的抒發或對特定事件的批判。比照《文鏡祕府論》中所記載的各種對仗之法，找不著與「救尾對」相等或是相近意涵的對仗方式。綜

〔註20〕參見〔宋〕魏慶之撰，《詩人玉屑》（台北：臺灣商務，1968），卷七，頁136。

〔註21〕參見〔唐〕弘法大師著，《文鏡祕府論》（台北：河洛圖書，1976），頁97-122。

〔註22〕參見唐圭璋編，《詞話叢編》第一冊，頁840-841。

觀這許多關於對偶樣式的分類說明，各家立名不僅不一，而且內涵上的出入極大，立論的基礎亦不見豁朗穩固，因此讀者實在無法輕易而明確的圈劃出他們以之爲對句的實際範圍。職是之故，我們與其選擇分類細密的史料作爲本單元分析說明的起點，不如挑取立意分類俱皆清晰顯豁的文評作爲論說的依據。

劉勰於《文心雕龍・麗辭》篇中指出對偶有：言對、事對、正對、反對四種。文中說：

> 故麗辭之體，凡有四對：言對爲易，事對爲難，反對爲優，正對爲劣。言對者，雙比空辭者也；事對者，並舉人驗者也；反對者，理殊趣合者也；正對者，事異義同者也。長卿上林賦云：「修容乎禮園，翱翔乎書圃。」此言對之類也；宋玉神女賦云：「毛嬙障袂，不足程式，西施掩面，比之無色。」此事對之類也；仲宣登樓云：「鍾儀幽而楚奏，莊舄顯而越吟。」此反對之類也；孟陽七哀云：「漢祖想枌榆，光武思白水。」此正對之類也。〔註23〕

檢視劉勰之意，「言對」指的是物象以及語彙詞性的相對；「事對」則是在相對的語詞中套用歷史文學典故；而所謂的「反對」意指句中的情意或形象兩兩相對卻又能彼此映襯，取得另一個層面上的合諧統一；「正對」則爲上下兩句之間，意指過於相近或甚而重疊複沓者。劉勰要求文學作品中的對偶修辭應尚難尚優，其中，「事對」與「反對」是較好的選擇。由於劉勰於文後又表示：「又言對事對，各有反正，指類而求，萬條昭然矣」，〔註24〕隱然指出「言對」、「事對」與「正對」、「反對」是兩組不同的概念範疇，雖有區分，又互相融攝。此外，本單元意在討論對仗現象所呈顯的意義結構，而「正對」與「反對」之所指，正是對仗意義空間的狹窄與寬闊，所以本文的視野將圈定在這兩項對偶樣式上，至於對偶中的用典問題，則留待下篇第四章中再詳加討論。

〔註23〕參見周振甫注，周振甫、王文進等譯，《文心雕龍注釋》，頁 661、662。
〔註24〕同上註。

　　對仗就形式上而言乃源於心理美學上勻稱、平衡之需要而形成之兩兩相對的文理結構。但若對襯不斷的複現，感官與心理容易流於機械式的疲乏與厭倦，因此爲求流轉之變化，在格式已然均衡的情況下，只能轉求意義上的跳躍解放。「正對」的缺點即在於意義上的雷同相彷，葛兆光在解析詩中的「正對」現象時說：

　　……它們重複囉嗦，不僅沒有使十個字（指五言對句）形成意義空間的張力，反而使十個字被局促在同一個焦點上顯得單調乏味。〔註25〕

　　因其雷同，所以「正對」又稱「合掌」、並被譏爲「土木對偶」。〔註26〕詩詞創作法則多數相彷，不僅律詩的對仗要避免「合掌」，詞之對仗亦討厭「死句」，要求靈活生動，如清人吳衡照即曾說：「詞有對句，四字者易，七字者難，要流轉圓愜」。〔註27〕元人陸輔之於《詞旨》上卷中，列有「屬對三十八則」與「樂笑翁奇對二十三則」，〔註28〕細讀這六十一則詞例，我們發現其中的對偶，屬於「正對」者多，「反對」者少，如：

　　晴光轉樹，曉氣分嵐。（張炎〈聲聲慢〉）

　　盤絲繫腕，巧篆垂簪。（不明〈澡蘭香〉）

　　羅袖分香，翠綃封淚。（陳同甫〈水龍吟〉）

　　倒葦沙閒，枯蘭漵冷。（高竹屋〈齊天樂〉）

　　這些詞例，上下二句的意涵不但過於接近，缺少由於曲折起伏所肇致的豐富性，並且不論在視覺空間或是感覺體驗上都未曾轉移擴大，因此其意義空間是較爲狹窄而單調的。詞的作法，大抵是上片言

〔註25〕參見葛兆光，《漢字的魔方》，頁 113。
〔註26〕參見黃永武著，《詩的形式美》，頁 143。文中云：合掌是如人的二手，雖分左右，同具五指，是指兩句詩上下意同意近，雷同複合，缺少變化的靈性，就會被譏嘲作「土木對偶」。
〔註27〕文出吳氏《蓮子居詞話》卷三，參見唐圭璋編，《詞話叢編》第三冊，頁 2454。
〔註28〕參見《詞話叢編》第一冊，頁 303-317。

景，下片言情，一片之中又有情景相生之法，清人賀裳在《皺水軒詞
筌》中論及情景素材的佈置時說：

> 作長詞最忌演湊，如蘇養直：「獸環半掩」前半皆景語也，
> 至「漸迤灑，更催銀箭，何處貪歡。猶繫驕（一作驄）馬，
> 旋剪燈花，兩點翠眉誰畫？香滅羞回空帳裏，月亮猶在重
> 簾下。恨疏狂，待歸來，碎揉花打。」則觸景生情，復緣
> 情布景，節節轉換，穠麗周密。譬之織錦家，眞竇氏回文
> 梭也。〔註29〕

此段文字意在指出：一味的堆疊景物形象或擬塑情感狀態皆將令
作品有排砌拼湊的毛病。雖則情景二素材的安置，當視情意的需要轉
換層遞，並沒有先後順序的既定規矩，然而，詞人還是有其習於運用
的創作手法清人沈雄曾經指出：

> 沈雄曰：起句言景者多，言情者少，敘事者更少。大約質
> 實則苦生澀，清空則流寬易。換頭起句更難，又斷斷不可
> 犯此。所以從頭起句，照管全章及對文，換頭起句，聯合
> 上文及下段也。〔註30〕

不論上下片的起句，一般詞人習慣以景物的描寫漸次轉出全篇的
意旨，其中緣由，觀沈氏之意，乃是以敘事的手法過於明白切實，容
易失卻詞情含蓄婉轉的特質；而一起句即抒情，又容易流於抽象、不
著邊際，因此，能免此二端之借景抒情的敘述手法，於是成爲詞人最
習於運用的創作方式。當景語形成對偶現象時，明人李夢陽以爲其間
的對偶原則應當是「闊大者牛必細」、「疊景者意必二」。〔註31〕自理
上來說，「照管全章及對文」或是「聯合上文及下段」的章節起始處，
如果以兩兩相對的景語起句，那麼，愈是物性的差異大，景色的對比、
移轉性強者，所能融受的情感內容亦相對的擴大，更易於表現較爲深
廣、豐富的情志內涵。此番道理用於起句處適當，以之說明詞中以景

〔註29〕參見《詞話叢編》第一冊，頁705。
〔註30〕參見〔清〕沈雄撰，《古今詞話・詞品》，《詞話叢編》第一冊，頁838。
〔註31〕參見李夢陽，〈再與何氏書〉，《中國歷代文論選》中冊，頁280。

為對句的現象也還妥切，不僅描景之句如此，描寫事物狀態者，若是原素相同，意旨過於接近，也總是難逃重複之弊。我們據此回頭檢查上述的對偶例句，「晴光」／「曉氣」、「盤絲」／「巧篆」、「羅袖」／「翠綃」、「倒葦」／「枯蘭」，兩個事物之間的性質不但太過相似，其中的形狀大小也未呈現懸殊的對比，複沓之病是顯而易見的。「羅袖分香，翠綃封淚」二句所關涉之情志內涵的指向，只是詞人情思的「幾多幽怨」；「倒葦沙閒，枯蘭漵冷」二句的視覺空間狹小集中，主要在以江邊植物的衰殘表現寂寥的「寒江秋晚」；其他二句，一寫女子慵懶溫美的睡姿，一點出江邊第三者橫舟擺渡的時序，意義均是重疊同向的，無法透顯出意義空間的張力。

比之「正對」，「反對」所受到評價是較高的，劉勰即說「反對為優，正對為劣」。「反對」之意，劉勰的解釋是「理殊趣合」，「理」為何理，以劉勰所舉之例「鍾儀幽而楚奏，莊舄顯而越吟」來看，相異之理是為句中描寫的人物處境，榮辱截然有別，而二者間共同的旨趣在於：處境雖然有別，思鄉之情卻是不隨個人際遇的變化而稍有褪減。以此例而言，劉勰所指的「理」與「趣」只觸及人事經驗及情意，至於其他方面諸如詞性改變、字意翻新、聯想奇絕等方式所導致的「理」與「趣」，劉勰皆未曾細論，「理殊趣合」四字意涵的確切指涉，我們實在無法全盤掌握。黃永武先生指出與「合掌」相反的對仗技巧是「意外的寬對」，所謂「意外的寬對」意指：

能從多樣的異趣中尋求統一，將許多「若即若離」的意象，牽引得「不即不離」，中間雖沒有白刃相接般緊迫的抗力，但有星際間天行不息的強韌引力。

他所列舉之詩例有四，一為上下句之間，語意聯鎖，互有因果性的「秋水纔深四五尺，野航恰受兩三人」（杜甫〈南鄰〉）；二為將二句的關聯性省略，須將四句詩盡數讀完，才能發現其中嚴密機竅的「須知世亂身難保，莫喜天晴菊併開。長短此身常是客，黃花更助白頭催」（司空圖〈狂題〉）；三是不同原素之間，在某些特性上得到和諧統一

的「老逐少來終不放，辱隨榮後直須勻」（李山甫〈寓懷〉）；四是上下對句之間所指稱的事物差異頗大，意義距離相離甚遠的「休頭殘藥鼠偷盡，溪上破門風擺斜」。〔註32〕如果「意外的寬對」意涵等同於劉勰所說的「反對」，那麼陸輔之所列舉的六十一則對句，幾乎無一能名之爲傑作，這樣的對句標準，又稍嫌嚴格、拘束了些。葛兆光先生對於「反對」的詮解，尺度較爲鬆豁，他表示：

> 凡是上下兩句能夠形成視境轉移、意味參差，情感起伏的，
> 我們都應該把它們看作「反對」。

文中，他又將「反對」所造成的「意義空間的拓展」，歸納爲幾個不同的表現面向：（一）視覺空間的開闊與對稱（二）時間關係的移位與重疊（三）意義內涵的曲折與對比（四）感覺體驗的挪移與變化。〔註33〕從這幾個角度切入，重新衡量陸輔之所列舉的「屬對凡三十八則」詞例，「虛閣籠雲，小簾通月」（姜白石〈法曲獻仙音〉）一例，「閣」與「簾」兩個事物，性質雖然相近，同爲建築結構或室內裝潢的一部分，但一大一小，視鏡一遠一近，「虛」與「籠雲」由遠距離勾繪了樓閣的高聳與飄渺，「小」與「通月」則將鏡頭拉近，清晰的塗抹出簾的形狀大小以及簾幕遮攔不住月光之視覺上的深淺明亮，形成了視覺空間與彩度上伸縮拓展、迷濛晃亮以及虛實交映的差異與對稱。再如「風拍波驚，露零秋冷」（吳文英〈法曲獻仙音〉），二句無非在具寫江面上「斷綠衰紅」飄零，秋景蕭颯的氣象，但「風拍波驚」寫的是秋風的勁急與水波的騰躍激盪，「露零」則寫露水稀薄，兩個意象在力的大與小之間，拉出對比的張力，兩個自然現象交相結合遂共同凝結出秋的冷意；風拂過水面，是透過視覺所感受到的力量，「露零」則是膚觸上的體受，兩句之間又構成了感覺體驗上的轉換。

〔註32〕參見黃永武著，〈談詩的強度〉，《中國詩學・設計篇》（台北：巨流圖書，1976），頁 140-143。
〔註33〕參見葛兆光，《漢字的魔方》，頁 114-115。

　　此般富有意義張力的對偶現象，在陸輔之所列舉的六十一則詞話中並不多見，〈屬對三十八則〉中，句意雷同的「正對」佔了絕大多數；尤其令人驚訝的是「樂笑翁奇對凡二十三則中」，除了「斷碧分山，空簾剩月」呈顯了視覺遠近、幾何線條上方形與圓形之交疊現象、「開簾過雨，隔水呼燈」表現出視線上的連綿轉移、「岸角衝波，籬根聚葉」寫出波浪大小與浮葉聚合之間的因果性之外，其餘則皆如「沙淨草枯，水平天遠」般，俱是用意太近的對偶。〔註34〕既然「正對」的意義空間狹小，在隱喻上所能提供讀者的聯想範圍亦有所限制，何以陸輔之仍以之爲奇對？在解決這個問題之前，我們不妨先看看其他詞作中的對句現象。

　　柳永《樂章集》中「正對」的詞例多，「反對」的詞例少，「正對」者如：

　　（當）上苑柳濃時，別館花深處。（〈黃鶯兒〉）

　　輕靄低籠芳樹，池塘淺蘸煙蕪。（〈鬥百花〉）

　　拋擲鬥草工夫，冷落踏青心緒。（〈同上〉）

　　瑤圖纘慶，玉葉騰芳。（〈送征衣〉）

　　層波細翦明眸，膩玉圓搓素頸。（〈晝夜樂〉）

　　上句與下句之間的語意關係只是相互補強，並非異時性、異域性的影像重疊。而柳詞中的「反對」，說其爲「反對」，實質上，最常見的只是顏色彩度上的寒色系與暖色系的並立，在視境的錯位與意義內涵上，少見曲折幻化的設計。例如：「華堂繡閣，皓月清風」，一繽紛，一素淡，但皆只是當日溫美情意的表徵，意義指向是相同的；「金爐麝裊青煙，鳳帳燭搖紅影」（〈晝夜樂〉）一例，雖有「青」色提供冷寂氛圍的凝塑條件，但在強烈的金黃大紅色系的圍攏下，青色只能退居爲炫麗的陪襯角色，其中並未存有意義轉折的空間與契機。而「漁市孤煙裏寒碧，水村殘葉舞愁紅」（〈雪梅香〉）一例的情況則稍爲特

────────────────

〔註34〕此二十三則對仗詞例以及其他三十八則屬對，請參見本文附錄二。

殊些：楓紅雖美，但以其飄零的殘落姿態，身後背景的秋寒綠水、向晚孤煙，紅之一色，只能是淒清中一抹刺眼的濃豔，顏色的強度與惆悵情緒的強度適成正比，而與原本溫暖的情意特徵背道反向，讀者原來的閱讀習慣與心理預期，雙雙被迫改變，「張力」於是透顯。但是這樣的佳作，於《樂章集》中並不常見，冷、暖色系並列而未向外拉出離心力與用意太近的作品仍然居多。

陸輔之曾從張炎學詞，論詞之優劣高下，亦學步張炎，力主「清空雅正」，而「清空」的極至，要如姜夔之詞「如野雲孤飛，去留無跡」〔註35〕如果我們再檢查一下姜白石的名作，不難發現其中的對句，仍以「正對」爲多，如：

燕燕輕盈，鶯鶯嬌軟。(〈踏莎行〉)

翠葉吹涼，玉容銷酒。(〈念奴嬌〉)

遠浦縈回，暮帆零亂。(〈長亭怨慢〉)

十里揚州，三生杜牧。(〈琵琶仙〉)

淮左名都，竹西佳處。(〈揚州慢〉)

這些例句中對立差異的現象並不突出，再看看張炎認爲東坡詞中「清麗舒徐，高出人表」的〈水龍吟〉詠楊花、詠聞笛等作品，〔註36〕其中的對偶如「縈損柔腸，困酣嬌眼」、「二分塵土，一分流水」(〈水龍吟·次韻章質夫楊花詞〉)、「龍鬚半翦，鳳膺微漲」、「嚼徵含宮，泛商流羽」(〈水龍吟·贈趙晦之吹笛侍兒〉)、「明月如霜，好風如水」、「曲港跳魚，圓荷瀉露」、「紞如三鼓，鏗然一葉」(〈永遇樂〉)，雖然上句與

〔註35〕參見陸輔之《詞旨》卷上、張炎《詞源》卷下，《詞話叢編》第一冊，頁301、259。

〔註36〕參見《詞源》，《詞話叢編》第一冊，頁267。上下文爲：「東坡詞如水龍吟詠楊花、詠聞笛，又如過秦樓、洞仙歌、卜算子等作，皆清麗舒徐，高出人表。」又〈過秦樓〉一詞，《全宋詞》與《東坡樂府》皆未著錄，因此其中的對句無法察見；此外，〈洞仙歌〉與〈卜算子〉(缺月挂疏桐)一首並無對句，故捨棄不論，又因〈永遇樂〉(明月如霜)一首，向來爲人所稱許，風格近於清麗一列，所以連帶的將其列入檢查的範圍之內。

下句之間的詞意與意象並不是完全疊合的，但二句的意涵俱皆共同指向同一個圓心，而非由同一個圓心所拉出的兩條反向的行進路線。

　　至於《清眞集》中的對句，時能得見一榮一枯、相反而又相成的「反對」，如「還見、褪粉梅梢，試華桃樹」（〈瑞龍吟〉），在繁華的生與滅之間，除了點出時序的變換，以桃花的燦然生機稍稍平撫了落梅、年華的傷逝情緒外，又暗自隱伏了一段人事經歷僅此一次的繁榮生滅與葉花年年相似相續，短逝與恒有之間的強烈對照，其間的情意起伏，呈現出波浪狀的行進路線，在一個騰起之後，又迅速的跌落谷底。再如「堪嗟、清江東注，畫舸西流」（〈渡江雲〉），一句向東描出了河水長年性、歷史性的的方向歸趨，一句則西望，敘寫了一已此時此刻所欲奔赴的未知前程。二句鋪開了一彎浩渺的水流軌跡，以及微渺的人爲努力在歷史性的洪荒之流上，回向逆溯的志忑與艱辛。若如葉嘉瑩先生所說，此詞果眞爲有所寄託之作，寄寓了清眞對於政治現狀的失望以及個人出處上的憂慮，〔註37〕那麼江水之「清」與畫船之彩麗、一向東一向西的相反方向所形成的二組對比即呼應了句首「堪嗟」所透顯的既矛盾又糾結的思緒。

　　同於其他詞人，《清眞集》中「正對」出現的頻率與次數仍是遠超過了「反對」，只要隨頁翻尋，則觸目皆是，如：

　　名園露飲，東城閒步。（〈瑞龍吟〉）

　　淚花銷鳳蠟，風幕卷金泥。（〈風流子〉）

　　岸足沙平，蒲根水冷。（〈華胥引〉）

　　低鬟蟬影動，私語口脂香。（〈意難忘〉）

　　寒吹斷梗，風翻暗雪。（〈宴清都〉）

　　淮山夜月，金城暮草。（同上）

　　又、酒趁哀絃，燈照離席。（〈蘭陵王〉）

　　似、楚江暝宿，風燈零亂。（〈鎖窗寒〉）

─────────────
〔註37〕參見葉嘉瑩，〈周邦彥〉《唐宋名家詞賞析・3》。

這些例句若要細求對比上的現象，亦可以有所解釋，但其中的對比技巧只是很單純的感官體驗上視覺、聽覺及觸覺上的轉換，在轉換之際，讀者所能予以影像再現的視野空間的範圍仍是平面而集中的，不見向外推拓的「離心力」。清人・陳洵在《海綃說詞・通論》中以爲清眞詞「格調天成，離合順逆，自然中度」，〔註 38〕又周濟在〈宋四家詞選目錄序論〉中亦曾說：「清眞渾厚，正於鉤勒處見。他人一鉤勒便刻削，清眞愈鉤勒愈渾厚。」〔註 39〕不論是「離合順逆」或是「鉤勒處見渾厚」的作品特色，若要著眼於《清眞集》中由對偶句所撐開的意義空間中尋索，顯然容易落得鎩羽而歸的結果，由此可見，「正對」乃爲詞中最爲常見的對偶現象，而《清眞集》中的對偶方式並沒有朝著能夠拓展意義空間的「反對」闊步行近的傾向，雖則詞論家一再強調對句「貴整煉工巧，流動脫化」〔註 40〕、「使讀者不作對疑，尤妙」，〔註 41〕但是何以詞中意義空間寬廣的傑出對句並不多見？何以連向來皆有往復回環，藝術技巧臻入化境之譽的周邦彥也似乎不見刻意經營詞中對句張力的努力？前兩則詞評所提出的對偶原則，指的似是對語工整而意脈流動的「流水對」，但詞中這種對句並不常見，陸輔之所稱賞的二十三則樂笑翁的對句詞例中，只有「開簾過雨，隔水呼燈」與「岸角衝波，籬根聚葉」二則屬之，非屬「流水對」，也並非「反對」的詞中對句仍然佔居多數，但又何以這種類型的對句仍爲許多詞家所欣賞？何以他們並不特別重視對句中「視境的開闊與對稱」與「時間關係的移位與重疊」，也不太在意「意義內涵的曲折與對比」與「感覺體驗的挪移與變化」所構築的意義張力？此中答案是否只能是：傑作本來難求，百中往往只能得一，詞中如此，詩中亦是如此？

〔註38〕參見唐圭璋編，《詞話叢編》第五冊，頁 4841。
〔註39〕參見唐圭璋編，《詞話叢編》第二冊，頁 1643。
〔註40〕參見〔清〕沈祥龍撰，《論詞隨筆》，《詞話叢編》第五冊，頁 4051。
〔註41〕參見〔明〕俞彥撰，《爰園詞話》，《詞話叢編》第一冊，頁 403。

　　詞論中率常指出詞作之法則乃上片言景、下片或敘事或抒情，又一片之中往往由景入情、由情轉景，關於此項，前文已多所論述，此處我們所欲說明的是，如果連帶的讀完對句後頭做爲總結的散句，可以發現：先言景、後言情、情景相生的寫作模式，其實並非只是大結構、大片段中所慣有的創作手法，在二對句、一散句的小句段中也時能得見縮小了的寫作模式，例如陸輔之所列舉的「屬對三十八則」中樓君亮〈法曲獻仙音〉一詞：

> 花匣么弦，象奩雙陸，舊日懂留情意。夢到銀屏，恨裁蘭
> 燭，香篝夜闌鴛被。

　　在兩組互對並舉的意象之後，順勢牽引出一段亦如樂器匣盒般精緻華美的昔日戀情，精美的事物，一來作爲追憶往日情事的媒介，一來則烘托了那段情事的質地與色澤，對於柔美氣氛的凝塑，無疑地具有烘焙輔成的效用，而經由散句所具體指陳的事件與情感，恰好收束了意象無邊澣漫之可能，將意旨定於一條固定的線上。至如下一個句段，「銀屏」與「蘭燭」彩繪了抽象情感「夢」與「恨」的色澤，而在寫出抽象的情意對句後，便以具象的燦爛錦被作爲總結。由景物而事而情、再由情事而景物，實則詞體大結構中對於材料處理的模式，正往往是一個小句段抒寫方式的放大與再現，而這種模式之所以不厭其煩的循環，正因詞如王國維所說，其本質乃在於：

> 詞之爲體，要眇宜修。能言詩之所不能言，而不能盡言詩
> 之所能言。詩之境闊，詞之言長。〔註42〕

　　詞從或整齊或長短不一的小令格式走向分片分段的長調，所欲雕塑定型的體裁風格，不在於悉兩相稱的平衡結構，也不企圖從結構當中少數的平衡對句裏力求意義空間的寬廣、對比與張力之美，詞所重視的，其實無非是作品之中迷濛而不易捉摸的一種情緒與氛圍。詞中的題材內容可以相彷重疊，但是氣氛卻須著意經營，宋人張炎說：

〔註42〕參見王國維著、林玫儀導讀，《人間詞話·刪稿》（台北：金楓，1987）
　　　　第十二則。

> 詞要清空，不要質實；清空則古雅峭拔，質實則凝澀晦昧。
> 姜白石詞如野雲孤飛，去留無跡。吳夢窗詞如七寶樓臺，
> 眩人眼目，碎拆下來，不成片段。〔註43〕

明王世貞在《弇州山人詞評》中表示：

> 詞須婉轉綿麗，淺至儇俏，挾春月煙花，於閨（禪）內奏
> 之。一語之豔，令人魂絕，一字之工，令人色飛，乃爲貴
> 耳。〔註44〕

不論是「清空」或是「婉轉綿麗」，不論是「野雲孤飛」或是「七寶樓臺」，這些形容詞所欲掌握的內涵，與其說是題材內容上所呈現的人生境界或意義張力，不如說是對於詞作氣氛的體受描述與創作指導。在重視氛圍甚於意義內容之際，對句的功能，自然易於偏向是否能夠由相關事物的連續描寫，不斷的凝塑、加深情事的性質與色澤，而景物與情事之間又須銜接、轉敘得恰到好處，否則容易流於意旨不明，意脈散亂，因此，詞中對句尤以「正對」爲多，而不以其爲病；爲了擬就特定的氛圍，敘寫模式故可不斷的由微而巨，由巨而微的再現與重複，無怪乎張炎要說：

> 詞之語句，太寬則容易，太工則苦澀。……若八字既工，
> 下句便合稍寬，庶不窒塞。約莫寬易，又著一句工者，便
> 覺精粹。此詞中之關鍵也。
>
> ……若爲大詞，必是一句之意，引而爲兩三句，或引他意
> 入來，捏合成章，必無一唱三嘆。〔註45〕

如果我們再稍微注意一下對句與散句結合的形式結構，兩個駢偶的句子牽引起一個散句，不也正是分片、分疊之大的形式結構——「雙拽頭」一式具體而微、經過縮印再現的複製品？格式上的自由創造、廣開方便之門，句意上固定的舒展模式，在對句上，齊言詩在語意之間尋求翻轉變化的寬廣空間，詞作卻因對仗格式上相對的自由與平

〔註43〕參見張炎，《詞源》，《詞話叢編》第一冊，頁259。

〔註44〕同上註，第一冊，頁385。

〔註45〕參見張炎，《詞源》卷下，《詞話叢編》第一冊，頁265、266。

坦，反而自求意義空間的圍籬；這種現象無非說明了不論詩人、詞人
其於均衡中求曲折、變化中求穩定相似，變化與統一兩相適得的共同
心理以及同屬於一個文化背景，在長期累積著不偏不易，中庸至正的
意識形態下，所產生的不同面相的文學體式。

第四章　結語——「奇偶對稱」之方塊格局的突破

　　近體律絕——中國古典詩歌的代表樣式——的基本構成要素若如葛兆光所說爲「奇偶對稱」，那麼詞體之興起即是此種「奇偶對稱」之樣式的大幅翻新與修剪再創。

　　近體詩從語音序列上來說，以平仄「輪迴用之」的格式內每兩句爲一組，彼此恰好是正反相對的一對，那麼由正反、反正兩對四句則恰好成爲一個「輪迴單元」，前一組的語音序列正好與後一組的順序相反，四句詩歌恰好成爲對稱的兩組語音序列，而八句律詩，詩中的後半段聲律就基本上是前半個部分的再現。〔註1〕

　　反觀詞作，在四聲上，自溫庭筠、晏殊以來，即由辨明平仄精化至能細辨去聲，在不斷地嘗試中，詞人將字音之四聲搭配極力地使之趨向精密化、規律化以配合詞作付之歌喉管絃的音樂特性。就此演變來看，我們已然能知詞聲線條有漸變柔美流易的趨勢。但由於早期詞作句型長短仍與近體詩相近，因此晏殊雖已辨去聲，基本上仍守著以二音節爲一頓的基本單位，不出平仄相間錯出的詩律原則，所以字聲波線的變化仍未開展出詞體所特有的聲律風格。直至慢詞的出現、句

〔註1〕參見葛兆光，《漢字的魔方》，第四章第三節〈句型的規範〉。

型長短之伸縮幅度的加大，以及柳永、周邦彥的嚴辨入聲、四聲遞用與各色別出心裁的字聲設計，我們便可以明確的區別詩詞在字聲上的歧異，已由詞體句式的長短不一以及配樂以唱的音樂背景，而別分爲兩兩相對之平衡均齊與參差交錯之長短不均二種截然不同的形式體貌。

其中，由於詞句字聲的抑揚狀態呈現或急或緩的現象，而柳、周二人尤精於辨析四聲，因此與蘇、辛二人相較，後者於字聲安排上的疏闊傾向，更清楚地襯托出了柳、周二人之於字聲上精審而縝密的創作態度與作品風格，此中，清眞詞於四聲變化上所透顯的繁複與工巧非僅爲蘇、辛所不能望其項背，即連柳詞亦無法企及其間變化之極致。

於押韻方式上，近體律絕不論古體近體，一般以兩句爲一韻，換言之，即以兩句做爲節奏循環之基本單位，但詞的押韻原則受到應須合樂的限制而與詩大不相同，不僅在韻格上有五種協押方式，在韻腳之疏密上亦不再同於律絕之以二句作爲節奏循環的基本單位，因此，韻部之間平均勻稱的間隔，至詞中已成或密或疏的長短變化，而風格上亦呈現了繁複多變的面貌。

柳永與周邦彥善作仄聲韻，此乃宋詞協韻之通格，而在平聲韻與其他類同於近體詩或古詩詩體的韻格上，則少有創作；而蘇、辛在長調之外，亦頗爲擅長塡作轉韻之調式，此種轉韻的詞調在體制上正近於近體詩、古體詩而離慢詞較遠。在韻腳的疏密上，蘇、辛二人皆喜用韻密之調式進行創作，迫促急驟的聲情正足以宣發二人豪邁清曠之情懷志意。柳詞或疏或密的韻字特質適與其高健或卑靡的作品風格貼合一致；而整體節奏最爲勻稱舒徐者，則非清眞莫屬，舒疾有度的韻律特質輔成了其典麗詞風之形成。就整體韻協的佈置而言，柳永在忽疏忽密、跳動來去的節奏中展現了幽微的韻情；東坡則在緊密而迫促激昂的情調中透顯清朗寬平的韻姿；稼軒以淒緊勁急的節奏與咽斷促截的韻聲抒發悲慨豪邁的英雄之氣；清眞則在勻稱舒徐的節奏中顯低抑纏綿之聲情；

至於對仗，余毅恆於《詞筌》中曾指出：

（行與止）是一種舒疾、緩急的法則。大概長句行者短句
止，短句行者長句止；駢句行者單句止，單句行者駢句止。

並引詞例如：

碧野朱橋當日事，人不見，水空流。（秦觀〈江城子〉）

倚危亭，恨如芳草，淒淒剗盡還生。（秦觀〈八六子〉）

亂石穿空，驚濤拍岸，捲起千堆雪。（蘇軾〈念奴嬌〉）

正銷魂又是，疏煙淡月，子規聲斷。（陳亮〈水龍吟〉）〔註2〕

如果我們稍微注意一下，可以發現：近體詩乃以兩句為一個基本
單位，以完成一次語音之正、反相間以及對仗的現象，而詞中雖亦有
以二句做為意義段落與音樂落處，如「攜手江村，梅雪飄裙。情何恨，
處處消魂。」（蘇軾〈江城子〉），但即如余氏所揭示的：兩句一但設
計為對偶之後，其前後通常亦會出現一個散句以調節音律的緩急。此
自是受限於音樂的節數與長短而有之文字上的調整，並非詞人之刻意
規劃。但純粹自句數的多寡來看，則詞中一個段落所容納的句數，率
常為三句而非兩句，三句為一段在詞中出現的頻律實則較二句或四句
更為頻繁。此種三句為一段以及散、駢錯雜的現象，正與其語音之四
聲轉遞的情況相類似：二者皆已非均平對稱之輪迴變化，與近體詩歌
之「散行」－「對仗」－「對仗」－「散行」暨語音序列之「正」－
「反」－「反」－「正」的同步結構，〔註3〕實已大異其趣。因此，
就體式而言，此種錯綜性，使詞不再如詩般之平整，亦因此而隨之具
涵了婉麗繁複之風格。換言之，詞之體式、風格較詩來得瑣碎而柔軟，
故鄭騫先生在論及詞曲的特質時，終不免指出：「詞之代表陰柔之美，
是無可置疑的。」〔註4〕

〔註2〕參見余毅恆，《詞筌》，頁202、203。
〔註3〕此詩歌中的「同步結構」乃葛兆光所提出，參見《漢字的魔方》第
　　　四章、第三節「句型規範」，頁135。
〔註4〕參見鄭騫，〈詞曲的特質〉，《景午叢編》，頁61。

　　再自對句與散句結合的形式結構來看，兩個駢偶的句子牽引起一個散句，即是分片、分疊之大的形式結構——「雙拽頭」一式具體而微、經過縮印再現的複製品。此種非四角方塊的格式，不僅存在於外在的體式結構上，亦層層縮小至對句的結構形態上。而自句中的節奏配置以論，由於音樂上的抑揚跌宕與間隔休止，不僅詩歌中的音步節奏之於近體詩中爲拗折者，於詞中可以固定化爲格律之一部分，亦且領調字的運用，又使奇數句與偶數句的句式得有多種繁複之變化，因此，詞作結構形態的錯綜之美，實由外至內，由具至微，分層且全面地突破了近體詩之對稱和諧的圖案化結構。

　　但詞於錯落多變中仍有其平穩之處。此種平穩，不自形式結構上得見，而來自於詞中對仗的意義結構。詞之對仗，依然同於近體詩，採取二元對稱——「正」、「反」對——的方式進行意義空間的組構。但此意義空間，卻較爲狹窄集中，其空間不顯向外幅射之張力，而是聚焦式的集中於某種情緒、景緻的深化與再現。由於近體詩於形式、語音上得有精心設計後之平穩與對稱的特性，因此在對句上，詩人極力於語意之間尋求翻轉變化的廣闊空間，於平穩中力求變化與錯綜；而詞作卻因對句格式上擁有相對之自由與平坦，反而自求意義空間的圍籬；這種現象昭示了在長期澱積著中庸至正之文化背景下，不論詩人或詞人，其於均衡中求曲折或是變化中求穩定相似——變化與統一交錯參並復又和諧交融——之共同心理與意識形態。

　　以體式風格而言，若要形諸譬喻，那麼詞即如闔閣庭苑中的假山迴廊，講求錯落曲折之雅緻，不擬以平衡對稱的穩重結構威攝來者。是以齊言詩體若是四角分明的立體魔術方塊，那麼，形式錯落不齊的詞即是各色雕花鏤空，光影飄忽閃爍的燈籠：幽邃的燭光意不在探照作者於歷史文化、政經環境之各種存在上的具體感受，並尋求超越之極境，只意在烘托個我情意生命的百般姿態，而此情意亦非生命之絕對自由的探問與思索，不具備深厚的哲學內涵與形上性格，因此，欲將詞風導向於此之蘇、辛是爲變革，而風格遠襲自花間詞人的周邦彥

則極力雕塑了形態最爲瑰麗唯美的焯焯流燈。而自文學史之角度來看，不論在宮調的選擇、平仄的設計、韻格的選用、亦或句式的擇定與對仗之意義空間的設計上，綜觀周詞於各方面之表現，皆可言之爲宋詞之典範。是以整體而言，周詞一方面依循著宋詞發展之基本格局，朝向更爲精美之途不斷的進行修正、調整，另一方面，此種調整，卻更進一步地深化、鞏固了宋詞格律以及宋詞雅化等基本體式與風貌。

下　篇

《清眞集》的詞彙風格
——以構詞法爲基本架構之詞彙研究

第一章　詞彙風格與構詞法之運用

第一節　詞彙和語言風格

　　若說宮調詞牌上的風格先天性地決定了詞作的風格走向，那麼同一宮調或同一詞牌下所呈現之不同的題材內容、不同的構詞造句便是後天之主體精神對作品風格之走向所進行的抉擇與裁定。聲律曲調之風格雖是詞作的體質與內涵，在一定的程度上可以決定一闋詞的主要形式與風格，然而除了上篇中我們所論述的平仄押韻、句式變化、對仗之空間設計可以調整詞作風格之外，題材內容與其相應之詞彙色澤以及其所指涉的意義範圍亦可以改變詞調風格而突顯個人風格的統一性或多樣性。如〈念奴嬌〉一詞本宜於抒發激越豪壯之情，龍沐勛於《唐宋詞格律》一書中即曾指出：「此調音節高抗，英雄豪傑之士多喜用之。」〔註1〕但清真卻以之抒寫閨中女子慵懶愁悶的起居坐息與昔時今日，來往不止的憶想懸念如「攬衣」、「春帷」、「寶鑑」、「綠雲」、「蝶粉蜂黃」、「枕痕」、「秦箏、「芳草」、「寶香」、「孤宿」等詞彙之運用，在讀者流覽一遭後，立時圈限了讀者所能臆想的意義範圍，並突出了詞作的軟媚風格，與詞調之跌宕縱橫的本質風格彷若自

〔註1〕參見龍沐勛，《唐宋詞格律》，頁118。

此絕袂分道，渺不相涉。

詞家既爲創作之主體，那麼在音樂、思想內容、語言文字等各方面便具有獨立自主之創造性，此一來，則調譜的本質風格與詞作的語言文情風格之間便可以有諧與不諧或程度上的諧、不諧等多種可能性，例如上述清眞所塡寫之〈念奴嬌〉一詞，文情上便與調式的音節互不相侔。再如〈祝英臺近〉一詞，元人高（鉽）以其入越調。綜合周德清、余毅恆之說法，越調風格乃近於冷雋理智，然而，此曲爲唐宋以來民間的流傳歌曲，原以歌唱梁山伯與祝英臺之間的愛情悲劇，〔註2〕因此此調內容上之「宛轉悽抑」（龍沐勛語）的情調遂主導了整體詞風的走向，原具之冷雋理智的曲律風格於字聲之間消隱泰半，不易尋索。試比較蘇軾、辛棄疾與吳文英三人之〈祝英臺近〉，只東坡之作寄寓情愛之消逝離別於富春山嚴峰急流的描繪中，字聲與內容之配合仍具清雋之感外（如上片「挂輕帆，飛急槳，還過釣臺路。酒病無聊，欹枕聽鳴艣。斷腸簇簇雲山，重重煙樹。回首望孤城何處。」）其餘二人之作，景物的視野皆較窄較狹，色澤亦較爲冷鬱（如辛棄疾「晚春」之「寶釵分，桃葉渡，煙柳暗南浦。怕上層樓，十日九風雨。斷腸片片飛紅，都無人管，倩誰勸、流鶯聲住？」；吳文英之「春日客龜溪，遊廢園」之「采幽香，巡古苑，竹冷翠微路。鬥草谿根，沙印小蓮步。自憐兩鬢清霜，一年寒食，又身在、雲山深處。」）與其淒婉之傷春離情、年華老去的內容情意互相應合，冷雋之感不復得見。

又如〈菩薩蠻〉一調，詞調風格與押韻的方式有頗爲密切的關係。〈菩薩蠻〉一詞的韻格屬於「平仄韻轉換格」，上、下片各兩仄韻，兩平韻，但在平仄韻的轉遞下，情調聲情乃由緊促轉趨低沉。由本文上篇第一章的闡釋中，我們清楚得知此調的基本風情較爲激健，但只要置入不同的題材、運用不同的詞彙，詞語所指涉的意義範疇及表彰的風格特徵便能或多或少地扭轉由音樂調式所決定的基本風格。如溫

〔註2〕參見龍沐勛，《唐宋詞格律》，〈祝英臺近〉詞牌下之說明，頁99。

庭筠，「小山重疊金明滅」一闋，主要在描寫一個物質生活頗為富裕的女子由酣睡乃至醒轉之後，雍容且慵懶之梳洗、整飾的動作，並適時地提帶出周圍金碧輝煌的擺設及物事，於是此詞透顯了纏綿軟豔的風格特徵，聲調上緊促而低沈之詞風遂隱而不彰，其詞中所出現的一連串軟媚詞彙如「金明」、「鬢雲」、「香腮」、「蛾眉」、「弄妝」、「照花」、「羅襦」、「金鷓鴣」與李白詞中之「平林」、「寒山」、「傷心」、「暝色」、「高樓」、「宿鳥」、「歸程」、「長亭」等詞彙，在經過不同的意義與語音結合之後，所呈露的意象與風貌便大異其趣。

　　此處之所以不厭其煩的細論作品中音律風格與文字風格互有岐出之例證，無非意在說明：詞之主題以及表現主題的一連串詞彙實則是詞作中最為顯而易見的風格符號，其所傳遞的風格訊息顯著且強烈，其顯著強烈之程度往往掩蓋了較為隱微、但卻是詞作基本風貌之聲律風格。職是之故，本文下篇即擬自詞彙之角度專論《清真集》中的語言風格。

第二節　語素與詞素、詞與詞組

　　在討論《清真集》中由詞彙之運用所透顯出的語言風格之前，我們有必要先澄清幾個術語的意涵以及本文對於這些術語的採用方式與取捨原則。

一、語素與詞素

（一）語素與詞素之異

　　一般來說，我們都習以「字」與「詞」指稱詞彙的單位，並且時有混用之現象，但嚴格地來看，「字」與「詞」實無法一一對應。漢語的方塊字每一字皆有其獨立之字形，但並非每一個字皆具有意義，如「葡萄」、「蜻蜓」等詞語每個詞語都由兩個單字組成，但這些詞語中，任何一個獨立的單字都不具有意義。由於單字與語意之間有所差

距，所以傳統「字」此一用語已無法清楚地表示語言系統中最小之具有語意的單位，因此，語言學將具有最小的語音、語義結合體，語法功能的最小的語言單位，稱為 "morpheme"。

"morpheme" 這個詞可譯為「詞素」或「語素」，傳統語言學採用「詞素」，結構主義語言學興起之後則多採用「語素」。〔註3〕「語素」此詞被廣為選用之後，並非定得吞併「詞素」之稱謂。劉叔新即以為可令此二種稱謂各適用於不同的場合、具有不完全相同之含義，成為兩個不同之術語而同時並存。是以「詞素」與「語素」之含義可以重新界定並予以釐清，劉氏以為「詞素」之意涵為：

> ⋯⋯詞素應就詞的構造成素、即一個詞夠劃分出的小於詞的構成單位而言。它是詞或詞幹的直接組成成分。⋯⋯
>
> ⋯⋯。分析詞的詞素要從詞的結構角度出發，同時也要達到弄清詞的結構的目的（而分析詞的語素，只須看是否有一個以上或有多少個最小的音義結合成分），因而就必須遵循結構層次性的原則，從不同的層欠來確定結構項的性質。

「語素」之意涵為：

> 指的是語言中一切最小的（本身不能再分成兩個的）音義結合單位，包括最簡單的、不能劃分出不同構造成分來的詞如「狗」、「腳」、「葡萄」⋯⋯等）、詞內可以劃分出的最小音義結合單位（如「明天」中的「明—」、「—天」，⋯⋯等）以及句子結構中有一定語氣和音調形式的句調和有一定關係意義的特定詞序（如「動—名」的關係意義就不等於「名—動」），因此，語素包括了詞素，但是很多語素卻非詞素。〔註4〕

由於前一段關於「詞素」之說明並未舉例，因此含義仍然不夠清楚，我們可以透過其後文中所列舉之詞例作一簡單之說明。例如「昨

〔註3〕參見劉叔新著，《漢語描寫詞匯學》（河北：商務印書館，1990），頁64。

〔註4〕三段引文參見劉叔新，《漢語描寫詞匯學》，頁64-68。

一日」，語素與詞素分析是一致的，皆包含了兩個詞素、兩個語素；但「青年團」此一詞組有兩個詞素（青年－團」），卻有三個語素（「青－年－團」），而當「青年」成詞時，「青」與「年」方成爲「青年」之詞素。再如「鴨子兒」一詞有三個語素（「鴨－子－兒」），只有兩個詞素（「鴨－子兒」），「－子兒」包含著兩個並非詞素之語素。因此詞素是從詞或詞幹之直接成分的角度來觀察與確立的音義結合體，它並不一定是最小的音義結合單位；而語素只從最小意義結合成分予以確定，是以有時候一個詞素並不等於一個語素，而是二個語素以上的結合體。

由於「詞素」與「語素」可以釐析爲不同的兩個概念，並於詞彙之分析中適用於不同的場合，作爲不同觀察角度之基礎點，因此雖然許多語言學論著，如《漢語的構詞法研究》與《語言學概論》等仍稱「語素」爲「詞素」並不區別二者，但本文對於語言中最小的音義結合單位，仍依劉叔新之說法皆以「語素」稱述之。

（二）語素的種類

1、單音節語素和多音節語素

（1）單音節語素

單音節語素爲漢語語素最基本之形式且爲數最多，具有極強的構詞能力。其構詞能力表現在「能不能獨立成詞」與「和其他語素組合成詞的能力」強弱與否上。以此爲標準，單音節語素可以分爲三種類型：自由語素、半自由語素與不自由語素。

自由語素的活動能力──即構詞能力──最強，可以獨立成詞（成單音節詞）也能與其他語素組合成詞，組合時的位置變化相當靈活，在前在後都可以。例如「國」，可單字獨用亦可作「國家」、「祖國」；再如「美」，可單字獨用亦可與其他字組合成「美好」、「優美」其他如「白」、「人」、「下」、「睡」、「評」、「動」等皆爲自由語素。

半自由語素的構詞能力則不及自由語素。它不具備獨立成詞的能

力，但與其他語素組合成詞的能力很強，組合之位置亦能前後變動例如「語」在現代漢語中已不能單說，須得和其他語素組合成詞作「語言」或「漢語」；再如「陽」，於現代漢語中亦無法單獨成詞，須得與別的語素組合成詞作「陽光」、「朝陽」。此種半自由語素雖於現代漢語中已失去單獨成詞的能力，但於古漢語中，尤其於形式簡鍊的詩歌體裁中，仍是可以獨立成詞的如例「日」，於現代漢語中得與其他語素結合成「日光」或「明日」，不能單獨使用，但於白話文運動興起之前的古體詩歌中卻可獨立成詞，例如陸龜蒙之〈王先輩草堂詩〉「日校人間一倍長」之「日」即獨用。

不自由語素是半虛化或虛化了的語素，實在的意義已不明顯，沒有獨立成詞的能力，在組詞時，位置總是固定的，或在前，或在後，活動能力有限。這類語素的數量不多。例子如構成名詞前綴的「阿」、「老」；在序數前的「第」、「初」；構成名詞後綴之「子」、「兒」、「頭」。

（2）雙音節語素和多音節語素

單音節語素是一個音節表示一個意義，書寫時爲一個漢字；雙音節語素則是兩個音節表示一個意義，書寫時爲兩個漢字；多音節語素則是三個或三個以上的音節構成一個語素，有三個或三個以上的字形，每一個音節不表示任何意義，組合成詞時才有意義。漢語中的雙音節語素和多音節語素比較少，多屬於自由語素，可單獨成詞。

依照聲音的聯結關係、源起形成之因，雙音節語素與多音節語素，可劃分爲幾種類型：

A、聯綿語素：指古代漢語遺留下來的「聯綿」字。它們皆爲雙音節語素，前後兩字緊密連綴，不能分割。依音節特點來看，又有「雙聲」、「疊韻」與「非雙聲疊韻」三種。

　a、雙聲（兩個字的聲母相同）：如「參差」、「彷彿」。

　b、疊韻（兩個字的韻母相同、相近）：如「蕭條」、「徘徊」。

　c、非雙聲疊韻型：如「鴛鴦」、「芙蓉」。

B、疊音語素：由單字疊音而成。疊音語素的單字本身無義，只起標音作用，不疊不能使用，只有重疊之後才會產生最小之意義。如「蠲蠲」、「潺潺」、「翩翩」。

C、音譯語素：即音譯的外來詞，如「葡萄」、「菩薩」、「閻羅」。

D、象聲語素：由形容、摹擬事物之音響而產生，如「撲通」、「唧唧」。

〔註5〕

2、實語素和虛語素

在語素的分類中又可依語法功能與意義範疇將其劃分爲「實語素」與「虛語素」兩類，其各別之意指爲：就意義範疇而言，意義較爲實在者稱「實語素」，亦稱爲詞根；意義已然虛化或不明確者，稱「虛語素」，或稱「詞綴」。以語法功能而言，「實語素」可以以語序爲組合手段組成各類實詞，有些實語素可以單獨成詞；虛語素中，有些亦可單獨成詞（即通常所謂之虛詞），但有些則只能跟別的實語素以「附加」的方式組合成詞，附加於前或附加於後，表示某些附加的意義或只表示語法意義。〔註6〕以下即以《清眞集》中之語素爲例，以圖表之方式表現語素之類別以及黏著與自由之程度。

		單音節	雙音節	多音節
實語素	自由語素	露、風、開、卷、恐、極	徘徊、欷歔、迢遞	（缺）
	半自由語素	語、時、陽、味、痕、華		
虛語素	自由語素	正、漸、向、但、最、了		
	不自由語素	子、初	（缺）	（缺）

一般而言，實語素爲不定位語素，在構詞時，位置可以根據需要前後變動，例如「江」作「江上」、「空江」；虛語素一般是定位語素，

〔註5〕以上之說法，主要依據程祥徽、田小琳之《現代漢語》（台北：書林，1995）與張志公校訂之《語法與修辭》（台北：新學識，1993）二書討論語素之觀念，加以整理、推擴而成。

〔註6〕並見程祥徽、田小琳《現代漢語》，第四章第二節以及張志公《語法與修辭》（上），第二章第一節。

如前後詞綴只能固定出現於詞根之前或之後，例如「梅子」、「初熟」。但《清真集》中的前後綴並不常見，反而是不定位的自由虛語素如「向」、「奈」等出現頻率較高。

二、詞與詞組

詞是介於語素和詞組之間的造句單位，比起語素，是較大的語言單位，比起詞組，又是較小的語言單位，在語言系統中，乃位於中心地位，作用也最突出——詞一個個都有明晰的意義，因此可以被人們分別加以認識和記憶，互相組合起來則能構成語句、自由詞組或固定語。作爲造句之基本單位，詞之定義爲：最小的、具有一定意義的、能自由運用之語言單位。（註7）換句話說，所謂的「詞」，必須符合「最小的完整定型的語言建築材料單位」，同時它也必須既不是小於詞的構詞成分也不是固定語或自由詞組，因此詞有兩個基本特點，爲「能自由運用」和「最小的」語言單位。所謂「最小的」語言單位與「能自由運用」意指「詞」爲一個不可再分割的語言整體，若拆開則不能自由運用，或將失去原有之特定意義而成爲另外的詞。如將「鸚鵡」拆成「鸚」和「鵡」之後，兩個單位皆沒有意義亦不能自由運用；又如「新燕」一詞，若拆成「新」與「燕」就失去了原有意義，成爲另外兩個不同的詞；再如「陰雲」指天陰時的雲，語素「陰」修飾語素「雲」，二者亦不能拆開。

將詞之意涵確定下來後，我們便可進一步將詞與詞組區別開來。詞組亦是具有一定意義的、能夠獨立運用的語言單位，但卻不是最小的語言單位。例如「落雨天」與「陰雨漫漫」二者都是詞組，前一個「落雨」修飾「天」爲偏正式詞組，後者「漫漫」作爲陳述「陰雨」之用，爲主謂式詞組，二者皆能分析出兩個詞素。再如「舊地新燕」雖然可以自由運用，但卻能分割成二個更小的語言單位「舊地」與「新

〔註7〕對於「詞」之概念，歷來有甚多不同的意見，本文乃取一般通用之定義，至於其他不同之觀點，可參見歐陽宜璋《碧巖集的語言風格研究》（台北：圓明，1994）第參章〈「詞」——定義的商榷〉一節中之整理，頁109、110。

燕」，前者修飾後者，限定事物所在之處所，因此它是詞組而不是詞。

以上三例，其爲詞或爲詞組極容易區分，但有些詞彙之爲詞或爲詞組界限並不清楚。例如張志公校訂之《語法與修辭》一書中，論及詞組時，根據構成成分結合關系的緊密程度區分詞與詞組，以詞組的結構較爲鬆散，詞的結構較爲緊密。例如「白菜」是詞，「白花」則是詞組，因「白菜」是指一種菜的名稱，語素間結合緊密不能拆開而置入其他成分，如不能說成「白的菜」，而「白花」則是詞組，可以說成「白的花」。再從意義上看，合成詞之意義並非構成語素意義的簡單相加，而是合而爲一產生了新的意義，如「東西」作爲一個詞是指一種事物，非「東」與「西」意義之相加，但「東西」作爲詞組則指西邊與東邊；又如「火車」爲詞，「新車」爲詞組。至於是否爲詞、如何確定一個詞彙是否爲詞，陸志韋與趙元任皆曾提出不同的測試方式。〔註8〕由測試方式之多，可見如何區分詞與詞組並非容易之事，因此張志公之《語法與修辭》於區分之後尚不免指出：

> 在區分詞與詞組時，考慮到漢語的詞多數是雙音節的，在
> 一定的條件下，可以把雙音節的語言形式看成詞，但並不
> 是一切雙音節的語言形式都是詞，有些是詞組。〔註9〕

何爲「一定之條件」，此書並未言明，是以二者之區分仍有模糊不明之地帶。

基於二者之界限不易清楚劃分，以及本文之重點在於借助構詞之框架以探討詞彙間的結構關係並其所呈現之詞彙風格——風格之探討方爲本文之最終目的，而語言成分之概念界定與成分分析爲本文之運用方式——因此，毋須如此嚴格的將與詞甚爲接近之詞組，或全數

〔註8〕陸、趙二人之測試方式，陸所提出方式爲「擴展法」，趙所提出之方法爲「同型替換」、「離子化形式」與「以功能框架測試」法，二法除了各別參見陸志韋著，《漢語的構詞法》（香港：中華書局，1975）與趙元任著、丁邦新譯，《中國話的文法》外，亦可參見歐陽宜璋，《碧巖集的語言風格研究》一書。歐陽氏於文中對此曾作過一番整理與說明，參見是書第三章註釋28則，頁178。
〔註9〕參見張志公，《語法與修辭》，上冊，頁98。

之詞組抽離本文之研究範圍,如果全數抽離則詞彙風格之探討容易產生片斷性與偏狹性之流弊。例如「殊鄉」與「鳴蛩」二詞彙(周邦彥〈齊天樂〉中之詞彙),皆可置入其他的語素與結構助詞「之」作「殊異之鄉」、「正鳴之蛩」,若要因其之爲詞組,於是除去此二者以及相類之詞彙而不作任何的處理,或是以相同之篇章結構再重覆討論詞組之特性,那麼若非於詞彙風格之說明有不能周盡之處,即是耗費時日、令使文章之結構更添繁冗瑣碎之弊,是以本文下篇第二章中所討論的材料範圍,除了合格之詞外亦包括了與詞不易分辨之詞組;而於第三章中探討典故詞彙時,則將詞組一併納入觀察對象之中。

第三節　構詞法與造詞法

　　就字面上的意義來看,「構」與「造」同義都是「製作」的意思,〔註10〕二者並沒有什麼不同;「構詞」與「造詞」,字面上的意義亦相當,但在語言學中它們卻各自體現了兩種不同的研析原則:「構詞」專指對既成之詞彙作結構性的辨析;「造詞」則專指詞由無至有的形成方式。前者所重者乃在詞的結構屬性以及詞彙內部的結構關係;後者所重者爲一個詞彙產生的原因及聯結過程,此間之區別,葛本儀於《漢語詞彙研究》一書中作了一番甚爲清晰之說明與界定:

> 「造詞」和「構詞」作爲語言學中的兩個術語,表示著兩個既有聯繫又有區別的含義完全不同的概念。儘管「造」和「構」具有同義關係,但是「造詞」的意義重在製造,「構詞」的意義重在「結構」;「造詞」是指詞的創製說的,「構詞」是指詞的結構規律說的。因此,我們應該把「造詞」和「構詞」區分開。與此有關的就是也應該把「造詞法」和「構詞法」區分開。〔註11〕

〔註10〕參見張兆海主編,《遠東國語辭典》(台北:遠東圖書,1984),頁497、1064。
〔註11〕引自陸志韋等著,《漢語的構詞法》,頁487。

　　這兩種研究方式的不同，在葛本儀（是書於 1985 出版）之前，五十年代陸志韋等著之《漢語的構詞法》與孫常敘之《漢語詞彙》即已分別提出。陸志韋等著之《漢語的構詞法》一書爲「構詞法」研究的代表，此書多次強調：

> 詞是從句子裏摘出來的，不是先有了「先天的」詞，超脫句子的現成的詞，然後用來造句的。〔註12〕

　　此書另一重點在於分辨何者是詞何者不是詞，並提出具體的檢查方式：

> 要認識它們是詞不是，須得把每一個例子擱回到種種不同的句子裏去，看它是否永遠是詞，永遠不是詞，或是在特種語法結構之中才是詞。我們盡可能的考慮到每個例子所能處的語法地位，有時還參證了方言，觀察它能不能拆成更小的片斷。〔註13〕

　　而綜觀此書具體的研究方法，則是先從其所界定的「句子」中摘出「詞」來，再按照詞的內部結構細分成許多類，然後分析其內部的語法結構關係以及語素與詞的屬性。在其所謂之「本研究的目的首先是爲了劃清詞和不是詞的界限」，而「每一個結構類型的成分之間所表達的意義範疇或是邏輯範疇可以留給詞彙學詳細敘述」的情況下，〔註14〕可知其最根源的目的不在爲文學研究或哲學研究提供一套可以具體運用的語言學理論架構，而在企圖解決拼音文字之音節如何按詞連寫以及對於規範詞典收集何類的詞、如何收集，制定一套可供參考之標準。〔註15〕因此，此書雖爲「構詞法研究」方式的代表論著，但對本文之風格研究目的，助益仍屬有限，我們尚需參考其他書籍才能進一步確立本文詞彙研究之方法與基本架構。

〔註12〕參見《漢語的構詞法・序言》，頁 i。
〔註13〕同上註。
〔註14〕同上註，頁 11。
〔註15〕此最根源之目的，其於序言中亦曾明白指出，可以一併參見。同註
　　　　12，頁 i-ii。

　　孫常敘《漢語詞彙》一書可視之爲「造詞法」研究的代表。此書以造詞法爲中心，建立漢語詞彙學的理論體系，在方法上清楚地指出造詞方法與構詞方法的不同之處，文中指出：

　　　　造詞方法和造詞結構是不同的，結構是就造詞的素材以及它
　　　　們之間的關係來說的。……所有這些分析都是已經成詞的解
　　　　剖，是對已成的對象作分析研究的結果。並沒有涉及詞是如
　　　　何在已有的語言基礎上創造出來的。造詞方法是使用具體詞
　　　　素組織成詞的方式和方法……造詞的素材和方法可以決定詞
　　　　的結構，可是詞的結構卻不能完全反映造詞方法。〔註16〕

　　在這樣的認識基礎上，孫氏建生了一套完整的漢語造詞法體系：

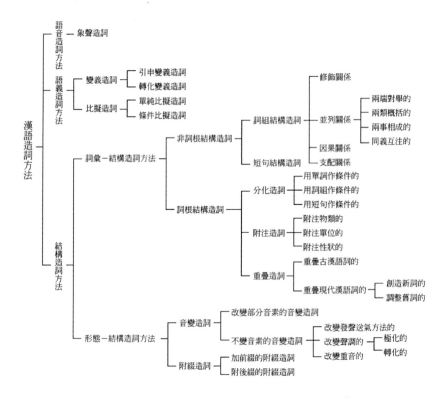

───────────

〔註16〕此處之介紹及引文引自陸志韋，《漢語的構詞法》一書，頁480-482。
　　　　文後之說明或介紹亦同此，不再另行補註。

　　由整個系統來看，在對象上，造詞法所要研究的是詞素組織成詞
的方式；在時間上，造詞法則欲同時籠罩詞彙的共時性特徵與歷時性
特徵。換句話說，在此造詞法體系中，許多造詞方式實際上不僅涵括
了詞彙在某一時間狀態下的構成因素與構成方式，如「詞組結構造
詞」、「分化造詞」、「附注造詞」、「重疊現代漢語詞」，也觸及了歷時
性詞彙彼此之間可以互相代替之各項連續要素間的關係，例如「引申
變義造詞」、「轉化變異造詞」、「音變造詞」、「重疊古漢語造詞」。因
此較之於「構詞法」，「造詞法」無疑的「是一種歷史的、動態的研究，
更具有『歷時語言學』的性質」，而前者則是「一種平面的靜態的研
究，屬於『共時語言學』的範疇。〔註17〕

　　若以「造詞法」作爲研究專家語言風格之基本架構，則必得同時
兼顧詞彙的歷史性變遷過程與共時性創造原則，在二者皆需兼顧的情
況下，要完全自造詞方式的不同區別出作家各異的造詞方法，並且依
此說明風格不同之原由，實際上是無法辦到的。舉例而言，在「變義
造詞」一項上，若要指出周邦彥喜用引申變義的方式造詞，則得先確
定詞彙的原義以及詞義的歷史性變遷，如此一來，則材料不免過於繁
蕪，研究內容亦極容易踰越作品風格的討論範疇；再如研究「改變音
調的音變造詞」一項，不僅得考慮音調的時代性變化，亦得兼顧語音
的地域性因素，這種種細節將促使以風格作爲重心之研究顯得極爲勉
強；此外，又其體系過於複雜龐大，亦不易有效地依此類分詞彙。

　　此二書之後，造詞法一度消聲匿跡，許多學者在詞彙學的著作
中採用「構詞」的說法而捨「造詞」之論。直至任學良的《漢語造
詞法》一書，才又再次強調了「造詞法」的重要性。但任氏以爲「造
詞法」與「構詞法」是兩相對立、互不交融的，認爲造詞法可以決
定詞的結構，詞的結構卻無法全面反映造詞方式，因此主張以「造
詞法」統率「構詞法」、以「造詞法」取代「構詞法」。但是同一年

────────────

〔註17〕此爲潘文國等人之語，參見陸志韋等，《漢語的構詞法》，頁482。

（1981），張壽康於〈構詞法說略〉一文中則提出反面的意見，以爲「漢語造詞法」與「現代漢語構詞法」，一是對漢語的構成從縱的方面進行分析，一是從橫的方面進行研究，二者之研究都是必需的；且進一步指出並「簡稱」、「語音」、「修辭」皆爲造詞手段，但手段是手段，結構是結構，二者不能混淆，而不管什麼手段造出的詞都有結構。〔註18〕

　　雖然孫常敍、任學良等研究重點在於造詞法，但是研究中往往亦包含了構詞法的內容，反觀構詞法之研究亦往往觸及創制新詞之問題，是以二者之界限始終模糊不清。直至葛本儀之《漢語詞彙研究》，除了在觀念上將造詞法與構詞法之區別加以釐清、反對把結構問題納入造詞問題外，並分別提出了相關卻又各別獨立之造詞體系與構詞體系。其造詞體系有八大項，分別爲：（1）音義任意結合法、（2）摹聲法、（3）音變法、（4）說明法、（5）比擬法、（6）引申法、（7）雙音法、（8）簡縮法。〔註19〕造詞法之體系之不適用於本文之研究已於上所明，除了歷時性的詞義追索容易溢出本文專家詞彙風格研究之主題外，由於專家研究之研究對象爲已經存在的詞，意在觀察詞彙之結構特徵與由此形成的詞彙風格，而不在追溯詞集中每一個詞從無到有之現象，因此若有綱目清晰、範疇分明之共時性的構詞法體系表，將要較造詞法更能清楚呈現已然成詞之所有詞彙類別以及其間的構造關係，葛本儀所提出之構詞法體系表則合乎了此項要求。

第四節　構詞法體系表與本文下篇章節之安置

　　葛本儀所提出的構詞法體系表，試引列如下：

〔註18〕此說依據陸志韋等著，《漢語的構詞法》論〈任學良「以造詞法統率構詞法」的主張和張壽康的批評〉一節整理以成，參見是書，頁482-486。

〔註19〕大項之下尚有許多細目，爲免冗贅，此處不再一一列舉，欲加詳究可以參見陸志韋等著，《漢語的構詞法》，頁488、489。

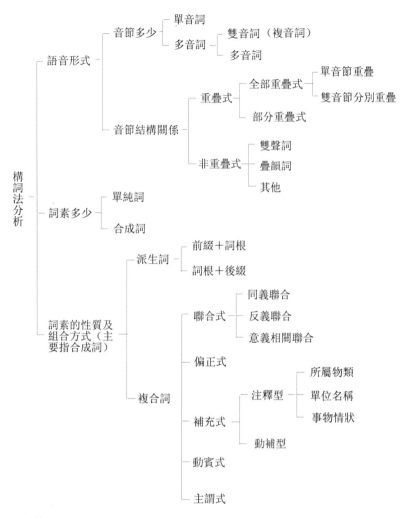

〔註20〕

如果我們以此一構詞法體系表作爲全面檢索作品詞彙的基礎，不僅系統性甚強亦且範疇分明，因此在材料上，我們本即從已有的作品中將成詞拈出，對已成之語言現象進行分析討論。由於構詞法對於詞彙之類分方式，頗能完整而全面的涵括並且區分現成的詞彙，因此在

_____

〔註20〕引自陸志韋等著，《漢語構詞法研究》，頁 490。

語言風格研究上，我們亦能以意義形式與音聲形式的別分作爲基礎，進一步尋繹其間之結構關係、各類詞彙所涉及之節奏現象、語義現象、修辭現象以及口語及書面語與詞彙之情感色彩等現象，並透過結構之關係探查語素之間的意義聯結以及指涉的意涵範圍。本文即以構詞法的結構體系作爲詞彙分析的主要架構，首先區分詞彙之種類，進而自詞彙意涵與修辭方式討論作品之詞彙風格。

然則我們尙需進一步說明的是，以此結構爲基礎以進行語言風格之研究並非毫無缺陷。在「造詞的素材和方法可以決定詞的結構，可是詞的結構卻不能完全反映造詞方法」的情況下，我們亦可以說語言風格可以由詞的結構得見，但並非所有的結構方式都有風格特徵，因此在分析的過程中我們極容易碰到一些窘況。例如「白菜」與「木馬」二詞，在結構上都是依主從關係構成之「偏正格」詞例，若循構詞法之研究方式與步驟，則我們得從結構上一一釐清、標舉二者的詞性與二者結合成詞之後的最終詞性——「白菜」爲名＋名→名；「木馬」爲名＋名→名——此種分析雖然可以幫助我們瞭解「偏正格」的名詞有那些組成方式，但是卻無法有效的說明這樣的關係呈顯了何種不同的風格特徵。反之，如果我們從語義分類的造詞法角度觀察詞例，則可發現「白菜」是以顏色爲條件進行分化而形成的詞彙；「木馬」則是以材料作條件進行分化所構成的詞，以此種分類方式歸納詞集中的詞彙，我們將可得知詞人在用字遣詞時於各種語義條件上的側重之處，而依其所著重之詞彙意義作材料上形式、色彩、氣味等風格與意蘊之歸納與說明。

換言之，由於我們於構詞法之「偏正關係」一項中，無法精確地自修飾或是受限制的語素之爲何種詞性而界定其風格特徵，因此我們將於該項中援用語義造詞法之分類項目，觀察《清眞集》與《樂章集》中偏正式詞彙的運用概況，以期能更加清楚地類分詞彙的語義性質並進行風格之說明。其次，在「補充式」——即「注釋型」一項中，從結構觀之，仍爲偏正式結構，其細分之項目：「所屬物類」、「單位名稱」以及「事物情狀」，乃自語義角度區劃而出，與偏正式中語義造

　　詞法之「以類屬作條件進行分化」、「以事務作條件進行分化」、「以形狀作條件進行分化」以及「以形勢作條件進行分化」相當，是以本文中將「注釋型」一類併入「偏正式」中加以討論，而於「補充式」中只論述「動補型」一項。

　　此外，「語音形式」、「詞素多少」、「詞素的性質及組合方式」這三種不同的分類方式，若合併了看，以依詞素多少所區分出的單純詞／合成詞作爲提綱挈領的主要範疇，那麼我們可以作出如下的解釋：在構詞法的分類中，詞彙的構成可以分爲由數種基本結構方式變化組合而成的「詞」和結構已然固定、不可隨意更替字詞的「固定語」兩個部分。「詞」包括了單純詞、合成詞兩部分，合成詞又可分爲複合式（包括聯合、偏正、主謂、動賓、補充五種結構方式）、〔註21〕附加式（一稱派生式）及重疊式三種。而「固定語」則相當於詞的固定片語，包括成語、諺語、慣用語以及歇後語等。此間的主次範疇及各別例示（以《清眞集》作爲檢索範圍）可以圖表示之如下：

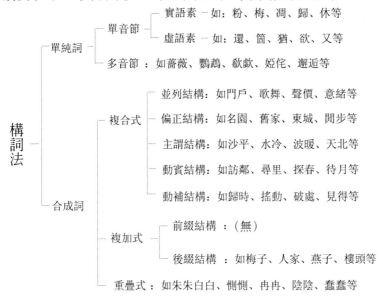

構詞法
－單純詞
　　－單音節
　　　－實語素－如：粉、梅、凋、歸、休等
　　　－虛語素－如：還、簡、猶、欲、又等
　　－多音節：如薔薇、鸚鵡、欷歔、姹佗、邂逅等
－合成詞
　　－複合式
　　　－並列結構：如門戶、歌舞、聲價、意緒等
　　　－偏正結構：如名園、舊家、東城、閒步等
　　　－主謂結構：如沙平、水冷、波暖、天北等
　　　－動賓結構：如訪鄰、尋里、探春、待月等
　　　－動補結構：如歸時、搖動、破處、見得等
　　－複加式
　　　－前綴結構：（無）
　　　－後綴結構：如梅子、人家、燕子、樓頭等
　　－重疊式：如朱朱白白、惻惻、冉冉、陰陰、蠢蠢等

〔註21〕「聯合」又稱爲「並列」、「補充式」通常稱爲「動補式」，爲求名稱統一起見，本文稱謂依陸志韋等著，《漢語的構詞法》一書所標定者。

　　固定語：欲說又休

　　雖則主次範疇可以如此劃分，但一來，在以音節多少作爲分類依據的「單音詞」與「多音詞」部分，所討論的即是「單純詞」的範圍，又且「詞素的性質及組合方式」一項中，討論的基礎亦即是合成詞的詞彙材料，所以以詞素多少作爲劃分原則所得出的「單純詞」與「合成詞」兩項，在本文中只作爲觀念層次上的存在，在具體的章節安排上，並不依此而別立一個單位空間，以進行細部的列舉與鋪陳。亦緣於此，關於「重疊式」一項，則依其構造方式乃類屬於音節結構，因此收歸於語音形式一欄下，依序進行闡明及詮解之工作。

　　由於單音詞中的某些虛語素，其在詞中之作用，不僅可以作爲句中承接、轉折之用，甚且常常被置於句首用以開啓全篇寫景、抒情之端緒；或是銜接上、下片之語意：一方面收束上文，一方面一連串起下文數句。這種領頭或「關節」（呂正惠語）的功用使得領調字別具一格，成爲詞中獨具之形式結構，不僅詩中未曾得見，即連曲中亦未加以承襲、保存；又且領調字的結構性質，除了虛語素之外，尚有以實語素或是詞組擔任的現象，所以在章節的安排上應須獨立出來，分條縷述。